works
3
望公太
Illust
しの
me to do something for
仕
独身
上司に
頼まれて

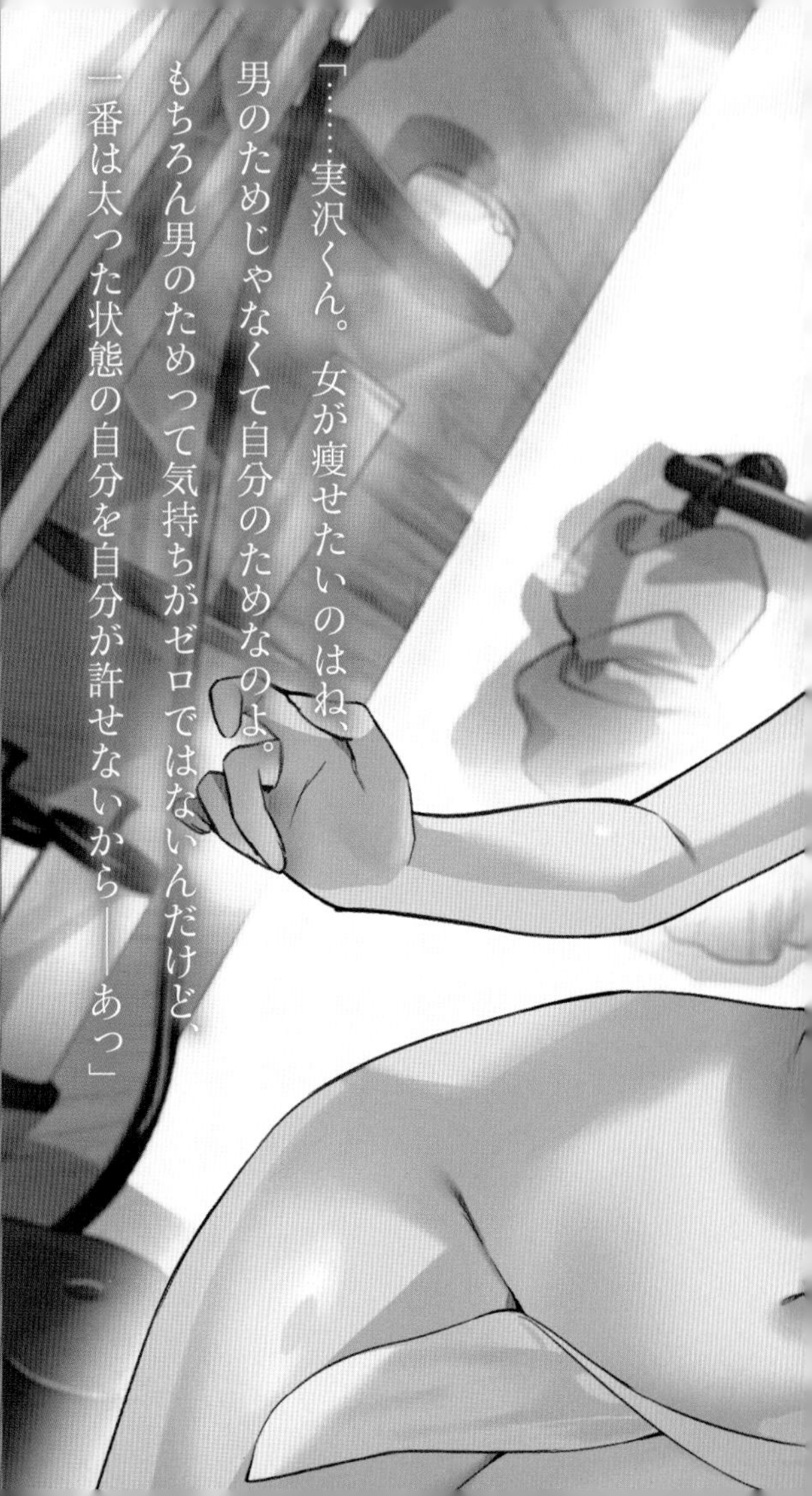
「……実沢くん。女が痩せたいのはね、
男のためじゃなくて自分のためなのよ。
もちろん男のためって気持ちがゼロではないんだけど、
一番は太った状態の自分を自分が許せないから——あっ」
YUIKO NAKED MODE
On my way home from work, my beautiful single boss asked me to do something for her.

「私は桃生課長の本音が聞きたいんですよ。実沢くんのこと、どう思ってるんですか？」
「……っ」

YUIKO PRIVATE MODE

On my way home from work, my beautiful single boss asked me to do something for her.

もう少しだけ、もう少しだけ。
そんないい加減な関係が——長く続けられるはずもないのに。

YUIKO SENTIMENTAL MODE

works
—
3

CONTENTS

口絵・本文イラスト　しの
口絵・本文デザイン　杉山絵

On my way home from work, my beautiful single boss
asked me to do something for her.

仕事帰り、独身の美人上司に頼まれて3

望　公太

角川スニーカー文庫

23966

本文・口絵イラスト／しの
本文・口絵デザイン／杉山絵

プロローグ

週末の、金曜日――

いつものようにお願いされ、桃生《ものう》さんの部屋へと向かう。

「いらっしゃい」

「お邪魔します」

部屋着姿の桃生さんが出迎えてくれる。

時刻は夜の八時すぎ。

会社がある日にペアリングをお願いされたときは、大体このぐらいの時間に、部屋を訪れるようにしている。

普通の恋人なら、会社帰りに一緒にご飯を食べて、そのままどちらかの部屋に向かえばいいのかもしれない。

でも俺達は――恋人じゃない。

誰にも言えない、秘密の関係。

会社帰りに堂々と一緒には帰れないし……理由もなく一緒に夕食を食べるのも、なんとなく憚《はばか》られる。

だから夕食は各々済ませてから、再びこの部屋に集まる。

それがある種のパターンとなっていた。

「これ、頼まれてた洗剤、買ってきました」

「ありがとう。ごめんね、急にお使いお願いしちゃって」

「いえいえ、お安いご用です。あとついでに、ノンアルのハイボールもまとめて買ってきたんですけど」

「ほんと？　助かるわ。ちょうどなくなりそうだったから」

「冷蔵庫入れといていいですか？」

「うん、お願い」

許可をもらってから、冷蔵庫を開く。

買ってきた缶を順番に詰めていく。

桃生さんはあまり自炊はしないためか、冷蔵庫の中はいつもスッキリしている。シリアル用の牛乳や豆乳。他は冷凍食品ぐらいしか入っていない。

最初の頃は、そんな冷蔵庫を俺に見られることに抵抗があったようだけれど、今では簡単に見せてくれる。

ちょっとしたお使いを頼まれ、買ってきたお酒を冷蔵庫に入れる。

そんなことが許されるようになった。

些細《ささい》な変化かもしれないが……でも、変わったなと思う。

このペアリングを始めたばかりの頃とは、大きく変わった。

「どうする？　なにか映画でも見る？　あっ、そういえばちょうど、あの映画の配信が始まったわよね。うちの会社の漫画が原作で、去年私と実沢《さねざわ》くんも営業でちょっとだけ関わった、あの——」

リビングに歩き出した桃生さんを——後ろから抱き締めた。

ギュッ、と。

しっかり、でも優しく。

「……ちょっと。どういうつもり？」

桃生さんは言う。

どこか呆《あき》れた口調だが、怒りの感情はない。

「いや、なんか我慢できなくて」

「まったく……本当に節操がないんだから」

溜息《ためいき》を吐くけれど、抱擁を振りほどくようなことはない。

抱き締めた体からは、かすかにボディソープの香りがする。

俺が来る前にシャワーを浴びたのだろう。

呼び出すときは、桃生さんはいつも事前にシャワーを浴びたりして、諸々《もろもろ》の準備を終えている。

知ってる。

俺はもう、そのぐらいのことは把握している。

桃生さんはすでに準備を終えていて、きっかけを待っているだけ。

「もう、始めてもいいですか？」

俺は問う。

鼓動は高鳴っているが、そこまでの緊張や恐怖はない。

かなり積極的かつ直接的な誘い文句だったと思うけれど、自分でも驚くくらいすんなりと言うことができた。

すると腕の中にいた桃生さんが、くるりとその場で向き直った。

真正面から見つめ合う。

「……しょうがないんだから」
呆れたように、それでいてどこか嬉《うれ》しそうに、桃生さんは言った。
少し背伸びをしながら俺に抱きついてきて、唇を重ねてくる。
そして――始まる。
俺達のペアリングが。
誰にも言えない、俺達だけの特別な営みが。

数ヶ月前――
ある日の飲み会の後、俺は桃生さんからホテルに誘われた。
そこで告げられた、彼女の願い。
――これから私と――子作りだけしてくれないかしら。
結婚も恋愛もする気はない。
でも子供だけは欲しい。
だから都合のいい女だと思って、定期的に抱いてほしい。
それが、彼女の頼み。

葛藤の果てに……俺はその頼みを引き受けた。

その後、あれやこれやの紆余《うよ》曲折《きよくせつ》はあったけれど、いまだに彼女が妊娠することはなく、体だけの関係は続いている。

彼女に呼び出されては、避妊具もつけずに交わるだけの関係――

「……なんていうか、呼び出しておいてあれだけど」

一通りの行為が終わった後。

お互いに息を整え、脱ぎ散らかしていた衣服に再び袖を通した後で、桃生さんがふと口を開いた。

「実沢くん、よく飽きないわよね」

呆れと感心が混在したような声だった。

「飽きないって……なにがですか？」

「だから、その、なんていうか……私とのセックスに」

「セッ……」

ボソッと言う桃生さんに、俺は思わず言葉に詰まってしまう。

「もう結構な回数、したと思うけど」

「……いや、飽きないですよ」

飽きるわけがない。

飽きるどころか、むしろより一層……いや、まあ、うん。

「まあ、飽きられてもショックなんだけど。でも……それにしたって元気というか、いつもやる気マンマンっていうか」

「……っ」

「特に……おっぱいへの執着がすごい」

「——っ！」

「実沢くん、してるとき、隙あらばおっぱい触ってくるわよね……」

「そ、それは……だって、いや、でも、あの、その」

若干冷めた目で見つめられ、信じられないぐらい言《い》い淀《よど》んでしまう。

いやいやだって、しょうがなくない⁉

だって——触っていいおっぱいがそこにあるんだもん！

そりゃ触るよ！

触りまくるよ！

「まあ……うん、触っちゃいますよ、そりゃ。俺も男ですから」

「飽きないの？」

「飽きない……ですね」

飽きないなあ。

いつまでも触ってられるなあ。

なんでだろうなあ。

「そんなにおっぱい好きなの？」

「……まあ」

「ふぅーん」

若干小馬鹿にするような、含みを持たせた反応。

いやなにこれ⁉

さっきから、なんなんだこの時間！

「も、もし嫌ならば、少しは自重しようかと思いますが」

「別に嫌ってほどじゃないけど……ただ」

「ただ？」

「かわいいなと思って」

くすりと笑われ、カアッと頰《ほお》が熱くなる。

「そんなに大きくてしっかりした体してるのに、赤ちゃんみたいにおっぱいに夢中だなんて。ふふっ、なんだかちょっと面白い」

「……かわいいっていうなら」

さすがに言い返したくなってきた。

俺にも自尊心というものがある。

「行為中の桃生さんも、結構かわいいですよ」

「――っ!?」

「普段の声が嘘《うそ》みたいに甘えた声出すじゃないですか。今日も――」

「ス、ストップ！　やめなさい！」

顔を真っ赤にして怒り、枕で叩《たた》いてくる桃生さん。

「もうっ！　し、失礼よ実沢くん！　行為が終わった後に、行為中のことを揶揄《やゆ》してくるなんて！　マナーがなってないわ！」

「……どう考えてもそっちが先に」

「口答え禁止！　減給するわよ！」

「エグい職権濫用じゃないですか……」

怒った桃生さんは寝室から出ていってしまう。

子供じみた仕草がたまらなく愛《いと》おしく――そして、そんな態度を遠慮なく俺に見せてくれることが、たまらなく嬉しかった。


午後十時前――

コートを羽織り、玄関で靴を履く。

普通の恋人同士ならば、ここまで帰りが遅くなれば泊まっていくのが普通かもしれない。

でも俺達は恋人同士じゃない。

理由もなくお泊まりはできないだろう。

……まあ、この部屋には流れで何度か泊まってるけど、だからってなあなあになるのはよくない。どこかで線引きはすべきだ。

玄関のドアを開くと、外の冷たい空気が入り込んできた。

「うわっ、寒っ……」

「最近、また一気に寒くなったわね」

「本当ですね。もう冬だなあ……」

「そうね……」

「…………」

あとは一歩踏み出して、ドアを閉めて帰るだけ。

それなのに俺は、足を止めてしまう。

桃生さんもなにか言いたげな顔でこちらを見ていて、一瞬、なんとも言えない沈黙が生まれてしまった。

「……あのっ」

俺の口から、声が飛び出す。

「なに？」

「えっと……なんていうか」

上手《うま》く言葉が出てこなかった。

「さ、寒くなってきたから、風邪引かないように気をつけてくださいね」

「……ええ、わかった」

「それじゃ、また」

「うん、また」

別れの挨拶を済ませ、ドアを閉めた。

マンションを出て、冷たい夜の空気に晒《さら》されながら駅に向かう。

薄暗い夜道を歩いていると、

「……はあ」

自然と重い溜息《ためいき》が零《こぼ》れた。

「……言えばよかったかなあ」

去り際に、迷いに迷って言えなかった一言。

それは――

「でも、やっぱり言えないよなあ。『今日、泊まっていいですか』なんて」

できることなら――泊まりたかった。

もっと一緒にいたかった。

同じ部屋で同じ空気を共有していたかった。

どうせ明日は休みだし、なんならまたデートとか――いや。

さすがに図々《ずうずう》しすぎる。

どれだけ距離が縮まっても、線引きはしなきゃいけない。

「………………」

我ながら、本当に不思議な状態に陥っていると思う。

セックスに関しては積極的に誘えるようになったのに、『もう少し一緒にいたい』という一言が言えないなんて。

性欲は伝えられるのに、気持ちは伝えられないなんて。

俺は彼女に、桃生さんに恋をしてしまっている。

好きになったらダメなのに……好きになってしまった。

――どちらかが本気になったら、この関係はおしまい。

最初に交わした誓約を、早い段階から破ってしまっている。

だから今は必死に恋心を隠し、定期的にセックスするだけの関係をどうにか維持している状態だった。

「……寒っ」

コートの襟を立てる。

俺達のペアリングが始まって、半年が経過した。

十二月の初週。

春の終わりに始まった物語は、冷たい季節を迎えようとしていた。

ドアが閉まり、私はリビングへと戻る。

玄関から入ってきた外気が、少しだけ室内の温度を下げていた。

そのせいなのか……どこか気持ちも冷たくなる。

誰もいない部屋に、寂しさを感じてしまう。

寝室に視線を移すと、自然とさっきまでの行為が脳裏に蘇った。

肌で感じた相手の体温、汗が滴るほどの熱を伴う営み……そういった熱量が過ぎ去ってしまった今は、虚《むな》しさや切なさが色濃くなる。

「……泊まってけばいいのに」

ふと言葉が、口から零れた。

もう……なんで言ってくれないのよ。

明日は休みなんだし、こんな遅い時間になったなら、泊まっていったらいいのに。もう何回か流れで泊まってるんだから、頼まれたら拒否しないのに。

遠慮しなくていいのに。

あるいは……私から誘えばよかったのかしら？

本当は言いたかった。

でも言えなかった。

ギリギリで踏みとどまってしまった。

だって……おかしいような気がしたから。

そんな、まるで、恋人同士みたいなことをお願いするなんて。

言えなかった。

彼の気持ちを察しているからこそ、言えなかった。

「…………」

知っている。

私はもう、気づいてしまっている。

実沢くんは、私のことが好きなんだろう。

彼の好意はあまりにわかりやすく、それに無自覚でいられるほど、私は子供でも鈍感でもなかった。

本当ならば今すぐ——今の関係を終わらせるべきなんだろう。
性欲ではなく好意を利用するような関係は、あまりに不誠実が過ぎる。
彼に関係の解消を告げ、元の上司と部下に戻らなければいけない。
わかってる。
わかってるのに。
それなのに私は——なにも言い出せずにいる。
彼の気持ちに気づかないフリをして、今の関係を維持したいと考えてしまっている。
もう少しだけ、もう少しだけ。
ズルズルと結論を先延ばしにしているうちに、季節は移り変わってしまった。
「…………」
暖房を少し強くする。
今年の冬は、一段と寒くなりそうな気がした。

後になって思い返せば。

全部が終わってから、振り返ってみれば。

俺達二人はどちらも――この段階から勘違いしていたんだろう。

気づいてないフリができていると思っていた。

自分の気持ちにも、相手の気持ちにも。

気づいてないフリをして上手くやり過ごせていると思っていた。

お互いに、分をわきまえているつもりだった。

俺も。

彼女も。

自分の気持ちに線を引き、不明瞭ながらも都合のいい関係を――大人の関係を、上手に維持できているつもりだった。

そんな関係は――薄氷の上を歩むようなものだったというのに。

たぶんどちらも、心のどこかでは危うさを自覚していたと思う。

でも俺達は不安から目を逸《そ》らし、いずれ来る終わりを見ないようにして、ダラダラと居心地のいい関係に溺れてしまっていた。

そんないい加減な関係が――長く続けられるはずもないのに。

俺達は全部、わかっていたはずなのに。

第一章　桃生課長のお見舞い

土日を終えて、月曜日。

風邪を引いて会社を休んだ。

「……ダセぇ」

布団の中で呟《つぶや》く。

土曜日から調子が悪く、日曜日に発熱。

月曜日——今日になっても熱が下がらず、会社に休むと連絡をした。

熱で頭がボーッとし、当然ながら気分も落ち込む。

いやー……ダセぇなあ。

こんな簡単に風邪引いちまうなんて。

いや別に、風邪で会社を休むなんて申し訳ない、みたいな殊勝な気持ちがあるわけじゃない。一昔前ならともかく、現代では熱を出したらしっかり会社を休むのが社会人のマナーだろう。

ただ金曜日に……桃生《ものう》さん相手に『寒くなったから風邪引かないように』的なこと言っちゃったんだよな。

去り際にそんな格好つけたこと言ったのに、自分が風邪を引くって。

ちょっと恥ずかしい……。

しかも同じ職場だから、桃生さんにはすぐ風邪引いたことがバレるし。

というか。

直属の上司だから彼女に休むと連絡したし。

『わかった。今日はゆっくり休んで』と簡素な返事が来たけれど、心の内ではなにを考えているんだろう。

情けない気持ちのまま、布団の中で目を閉じる。

その後は寝たり起きたり、朦朧《もうろう》とした意識のまま一日が過ぎていく。

夕方頃に熱を測ると——三十七度二分。

ようやく微熱ぐらいにはなってきた。

この調子なら明日には回復すると思う。

「……ああ、そうだ、スマホ」

昼頃に充電が切れ、その後は充電する気力も湧かず、放置して眠ってしまっていた。

コードに繋《つな》いで起動すると——二件、新しい連絡があった。

一件は同僚の轡《くつわ》。

休んだ俺の代わりにやらされた仕事に対する愚痴と、今度なにか奢《おご》れという軽口。適当にスタンプで返信しておく。

そしてもう一件は——

「……桃生さんっ」

相手に驚き、そして文面にも驚いた。

『迷惑じゃなかったら
なにかご飯でも買っていきましょうか？』

え？　なんだこれ。

つまり……桃生さんが、うちに来るってことか？

お見舞いに来てくれるってこと？

送信時間は……二時間前!?

困惑しつつも、俺は急ぎ返信を送る。

『すみません！
寝てて今気づきました
うちに来てくれるってことでしょうか？
めちゃめちゃありがたいんですけど
なんだか申し訳ないです』

すぐに返信が来た。

『気にしなくていいわよ。
ていうか
もう来ちゃった』

……もう来ちゃった⁉

うちの住所を知っていたことは、特に驚かない。
普段の会話で、どこに住んでるかは話したことがある。
俺が返信した頃には、桃生さんはすでに近くまで来ていたらしい。

そこで詳しい住所や部屋番号を教えて、来てもらう形になった。

「……これが、実沢《さねざわ》くんの部屋」

桃生さんは俺の部屋を見回して呟いた。

会社帰りのスーツ姿で、両手にはビニール袋がある。

「すみません、わざわざ来ていただいて……。えっと、今なにか、飲み物でも」

「い、いいわよ。実沢くんは病人なんだから休んでて」

「でも」

「いいからっ」

遮るように言いつつ、桃生さんはビニール袋をテーブルに置く。

「これ、いろいろ買ってきたから。飲み物とかゼリーとか。食べ物は、お粥《かゆ》とうどんがあって、あとビタミンCが摂《と》れるミカンも……」

早口で買ってきたものを説明していた桃生さんだったが、段々と声が小さくなっていく。

「……ごめんなさい。やっぱり迷惑だった？　いきなり押しかけちゃって」

「そ、そんなことないですよ！　嬉しいです。ていうか……俺が返信しなかったのが悪いわけですから」

申し訳なさそうに桃生さんは続ける。

「前に私が熱を出したときは、実沢くんが看病してくれたでしょう？　だから今度は、私もなにかしてあげなきゃと思って」

「……桃生さん」

「それに」

　言いにくそうに続ける。

「風邪を引いた原因……どう考えても、金曜日の件よね」

「………」

「あれだけたくさん運動して、汗もたくさんかいた後、慌ただしく寒い中帰っていったわけだから」

「…………」

　まあ、そうだろうなあ。

　どう考えても、その一連の流れが原因だろうなあ。

　正直めちゃめちゃ寒かったからな、金曜日の帰り道。

「冬場のペアリングは、ちょっとやり方を考えた方がいいかもしれないわね。終わってすぐ外に出るのは、どう考えても体に悪いし」

「でも、あんまりのんびりしてると、俺、終電が……」

「それなら……」

やや言いにくそうに、目を背けながら桃生さんは続ける。

「泊まっていけばいいんじゃない？」

「……いいんですか？」

「しょうがないでしょ？　また風邪引かれても大変だし。もう何度も泊まってるんだから、今更気を遣わなくてもいいわよ」

「………………」

「い、嫌なら別の方法を考えるけど」

「いえ、桃生さんがいいなら、喜んで」

棚ぼた、というべきなのだろうか。自分から言い出さずとも、桃生さんの家にお泊まりできるようになったらしい。

風邪を引くのも、たまには悪くないかもしれない。


「熱の方は大丈夫なの？」

「だいぶ下がりました。さっき測ったら、ちょっと熱が残ってるくらいで」

「そう。でも油断は禁物よ。風邪は治りかけが一番大事なんだから」

桃生さんはそう言って、俺をベッドに寝るよう促してきた。

「実沢くんは休んでなさい。身の回りのことは、私がやってあげるから」

「え……いや、悪いですよ」

「遠慮しないの」

強引に押し切られてしまう。

俺がベッドに腰掛けると、桃生さんはまず部屋の掃除を始めた。

普段はそこそこ片付けているのだが、ここ数日は風邪のせいでだいぶ掃除をサボってしまっていた。脱ぎ散らかした部屋着や、飲みかけのペットボトルなどが部屋の隅にまとまっている。

「すみません、汚い部屋で」

「気にしないで。病気してたんだからしょうがないわ」

嫌な顔一つせず、桃生さんは掃除を続ける。

散らかっていた服を丁寧に畳み、ゴミを袋にひとまとめにし。

そして次は、部屋の隅に無造作に置いてあった本に——あっ。

いや待て。

ちょっと待って！

「ま、待ってください！」

「へ？」

俺の叫びに、本に伸ばしかけた手を止める桃生さん。

「どうしたの……？」

「いや、あの、その」

まずい。

あそこら辺には最近買った本が無造作に置いてある。

大半は見られても特に問題がない、仕事関係のもの。

でも一冊だけ。

一冊だけ——女性に見られたら絶対にまずいものがある。

「ほ、本は……片付けなくて大丈夫ですよ。あとで自分で片付けますから」

「どうして？　こんなの、すぐ終わるわよ」

「そうなんですけど、でも……やっぱり本は自分でやりたいというか。ほら、所有してる本って、とてつもないプライバシーのような気もするし……」

「なに？　もしかして、エッチな本でもあるの？」

「――っ⁉」

思い切り反応してしまう俺。

「まったく、なにを焦ってるかと思えば」

やれやれと息を吐く桃生さん。

「あのね、実沢くん。私だってもういい大人なんだから、エッチな本の一冊や二冊、なんとも思わないわよ？」

「そ、そうかもしれませんが……」

わかっている。桃生さんは大人の女性だ。仮にここでエロ本やエロＤＶＤが見つかったところで、怒りも茶化《ちゃか》しもしないだろう。男の生態を理解して、適当にスルーしてくれると思う。

でも……違うんだ。

そこにあるのは――

「それにしても今時エッチな本って……実沢くん、意外と古風なのね。最近の男の人は、そういうの全部スマホで済ませると思ってたんだけど――っ」

あっけらかんと言いながら本を片付ける桃生さんだったが、一冊の本を手に取った瞬間、完全に動きが硬直してしまう。

そのタイトルは――

『女性をセックスで満足させる、十二の方法』

「…………」

「…………」

えげつないほどに気まずい空気が流れる。

うわあ、最悪だ。

なんで……なんで俺はこの本を電子書籍で買わなかったんだよ！　出版社の営業として、普段からプライベートでもあちこちの書店を見て回ったりしてるけど……そのとき、うっかり買っちゃったんだよなあ。

ちょっと恥ずかしい本だけど、他の仕事用の本とサンドイッチすればいいかあ、っていう軽いノリで。

「……実沢くん」

「……はい」

「一応確認するけど……今、私以外にそういう相手はいないのよね？」

「そう……ですね」

当然ながら現在、桃生さん以外に夜のお相手をしてくれる女性なんていない。となれば必然的に、俺が誰との行為のためにこの本を買ったのかはすぐにわかるわけで……。

うわ……キツい。恥ずかしい。死にたい。

シンプルにエロ本とかエロＤＶＤが見つかる方がまだマシだった。

「……どうりで最近、いろいろやってくると思った」

ボソッと言われ、羞恥心で心がへし折れそうになる。

「『その六　耳を念入りに攻めろ』って……ああ、だからこの前、急に耳に息を吹きかけてきたりしたんだ……」

「――っ！」

もう誰か俺のこと、殺してくれないかなあ！

なんなのこの恥ずかしさ！

自作のポエム朗読されるより恥ずかしいんだけど！

「まったくもう……、本当にもう……、実沢くんは、なんていうか、もう……」

呆《あき》れ果《は》てた顔で『もう』を繰り返す桃生さん。

まさに呆れて物も言えないという様子だった。

「……すみません」

「別に謝ることはないけど」

「やっぱりその……男として、不安な部分はありまして。なにぶん、経験が少ないものですから」

「気にしなくていいのに……。こんな本に頼らなくても、十分――」

「え？」

「あ……」

意味深な間があった後、桃生さんはカア、と頬《ほお》を染め、

「そ、それにしてもいい装丁ね、この本！　どこの事務所かしら⁉」

と全力で話を逸《そ》らしてきた。

「……ほんとですね！」

話を逸らしたいのは俺も同じなので、全力で乗っかる。

「どこの仕事かしら……ああ、川本《かわもと》デザインさんか……。やっぱりあそこはセンスあるわね。直接的なタイトルの本だけど、スタイリッシュにまとめることで手に取りやすくなってると思うし」

「確かに」

「うちでこの手の本を出すときも、卑猥《ひわい》な方向で攻めるよりは書店でも手に取りやすいオシャレな路線でデザインを詰めた方がいいかもしれないわね」

「確かに確かに」

とにかく全力で仕事の話をする俺達だった。


片付けの後は、桃生さんが買ってきた夕食をいただいた。

桃生さんはコンビニ弁当で、俺はチンして食べるうどん。

体調も食欲もだいぶ回復していたので、きちんと完食することができた。

食後には――ミカンを二人でいただく。

「うちはね、風邪を引いたらミカンの家だったわ」

ミカンの皮を剝《む》きながら、桃生さんがしみじみと言う。

スーツ姿の桃生さんが丁寧に橙《だいだい》色《いろ》の皮を剝いている様子は、なんだか少しアンバランスな光景に見えた。

「私が熱を出すと、いつもお母さんが買ってきてくれたの。ビタミンCを摂ったらすぐ治るからって言って」

「うちはバニラアイスでしたね。冷たくて食べやすいし、カロリー摂《と》れるからって」

「家ごとにあるわよね、そういうの」

言いつつ、桃生さんは皮剝きを続ける。

外側の皮を放射状に剝いた後、中の果実を一房ずつ切り離し、そして一つ一つの白い筋を丁寧に剝《は》がしていく。

全ての筋を取り終えてから、ようやく一つ口に運んだ。

「桃生さん、めちゃめちゃ綺麗《きれい》に筋取る派なんですね」

「え。あー……そういえばそうね」

無意識のクセだったのか、軽く驚く桃生さん。

ちなみに俺は、白い筋があっても全然気にしない派。

「……これも親の影響かしら？　子供の頃は、いつもお母さんに白いの取ってもらってたから」

優しい笑みを浮かべて言う。

「私がお願いすると、文句言いながらも全部取ってくれた……。私、すっかりそれに甘えちゃって……中学入るぐらいまで、お母さんに取ってもらってたかも」

「なんか想像できないですね。そんな子供っぽいこと言う桃生さんって」

「私にだって子供時代はあったわよ」

ちょっと拗《す》ねたように言う。

「思春期も反抗期も、人並みにあったと思う。就職して一人暮らしを始めてからも、最初の頃は毎日のようにお母さんに電話してた……」

静かな声で続ける桃生さん。

「言ってなかったけど……私、父親がいなくてね」

「………」

「お母さんが一人で、私を育ててくれた。私にとっては、世界でたった一人、家族って呼べる相手……」

思い出す——

以前、レストランで聞いた、桃生さんの結婚と離婚の話。

以前に聞いた話では——結婚のきっかけも、そして離婚後の後悔も、桃生さんは母親を中心に語っていたように思う。

結婚は、母親が勧めたお見合いがきっかけ。

離婚の決断に後悔はないし、相手への未練もないが……唯一、母親を落胆させてしまったことには、強い後悔がある。

そして今。

俺と特殊な関係を結んで子供だけを求めていることも、母親に言われた『子供だけは早く産みなさい』という言葉が関係しているように見える。

桃生さんにとって、母親は本当に大きな存在なんだと思う。

「……これから恩返ししていかないとですね」

俺は言った。

深い考えもなく、なんとなく思いつきで、そんなことを言った。

桃生さんは少し間を空けてから、

「そうね」

と頷《うなず》いた。

「ちゃんと恩返ししなきゃいけないわ。今までたくさん、たくさん、面倒見てもらったんだから」

どこか儚《はかな》げで、しかし強い決意が滲《にじ》む声だった。

「実沢くんの方はどうなの？」

「え？」

「ちゃんと実家に帰ってる？」

「……あんまり帰ってないですね。親も別に、用もないなら帰ってこなくていいって感じなので」

「ダメよ、会えるときにちゃんと会っておかないと」

桃生さんは言う。

「親なんて、いつまで元気でいてくれるかわからないんだから」

その言葉には妙な重みがあって、俺は静かに頷いた。

第二章　桃生課長との約束

十二月、二週目――

体調が回復した俺は、火曜日からは普通に出社し、いつも通り働き始めた。

食品やファッションの業界などと比較すると、出版社は季節で仕事があんまり変わらない職種と思われている気がする。

ところがどっこい。

出版社も意外と季節で仕事が変わる。

シーズンごとのイベントに合わせて、様々な戦略を練らなければならない。

漫画やライトノベルの部署だと、人気キャラが季節感のあるコスチュームに着替えた新規イラストを描き下ろしてもらい、販売促進に役立てたりする。

この前あったのは、十月末のハロウィン。

そして十二月は――言うまでもなく、クリスマスという大きなイベントがある。

る頃だろう。

編集部の方では、イラストレーターに依頼したクリスマス用イラストが上がってきてい

俺が営業を担当している実用書の方でも、クリスマスシーズンに狙いを定めた営業戦略を練ったりしている。

クリスマスの時期に売れる本といえば——当然、恋愛絡みの本だ。

「しかしまあ、アレだよなあ」

会社の休憩スペースにて。

轡《くつわ》がしみじみと言う。

「クリスマス前になって慌てて本買って勉強したぐらいで彼女ができたら、誰も苦労しないよな」

「……お前それ、出版社の営業が絶対言っちゃいけない台詞《せりふ》だぞ」

ツッコむ俺だった。

まったく、これだからモテる男は……。藁《わら》にも縋《すが》る思いで恋愛ハウトゥ本買うような男を、ナチュラルにバカにしやがって……！

「……轡は？　クリスマス、なんか予定あるのか？」

「あー、まあ、一応、予定は入ってるな」

やや言いにくそうに言う轡。

「ほら、前にちょっと付き合ってた看護師、いるだろ？」

「あー。すぐ別れた人だっけ」

「結局そいつと、ヨリを戻すことになってな」

「………………」

ズルズルいってんなあ！

確かその相手、『別れはしたけど、定期的に会ってセックスはしてる』って関係だとか言ってなかったっけ？

ほぼセフレ状態だったはず。

その相手とクリスマスが近くなったらまた付き合うって……。

ズルズルしてるし、グダグダしてるし、なんとも言えない気分に――

「………………」

いや、俺に他人をとやかく言う資格はないか。

自分の恋愛では現在進行形で信じられないぐらいグダグダしてて、とても人には言えないような関係に陥ってるのだから。

ズルズルでグダグダなのは、俺も同じこと。

轡の恋愛事情も、断片的にしか聞いていないから軽薄でフラフラした恋愛に思えてしまうだけで――当事者である轡自身は真剣なのかもしれない。

俺の知らないところで壮大なドラマがあって、悩み抜いた末に、かつて別れた恋人との関係修復を決断したのかもしれない。

相手に対して本気だからこそ、人は時にグダグダして、時にズルズルといってしまうのだから。

「……なんだよ、実沢《さねざわ》。言いたいことあんならはっきり言えよ。ズルズル付き合っててダッセーなあって」

「言わねえよ」

言いかけたけど。

「轡もいろいろあったんだろ。男女の関係なんて、本当のところは当事者にしかわかんないからな」

「……どうした急に。悟ったようなこと言って」

轡はきょとんとした。

確かに、数ヶ月前の俺だったら出てこない言葉だっただろう。

俺もいろいろあったからな。

だいぶ。

会議の合間に社内を移動していると――

エレベーターで偶然、鹿又《かのまた》と二人になった。

鹿又美玖《みく》。

営業第一課にいる、俺の同期の一人だ。

「あー、轡くん、結局元サヤになったんだ」

「らしいな」

「まあ、よかったんじゃない？　口じゃ軽薄なことばっか言って悪ぶってたけど、なんだかんだ、その人のこと大好きっぽかったからね」

「意外とピュアな奴《やつ》なんだよな、あいつ」

普通に話す。

鹿又とは夏頃にはいろいろとあったけれど、数ヶ月を経て、今ではどうにか自然に会話ができるようになっていた。

「で、実沢くんはどうなの？　もうすぐクリスマスだけど」

エレベーターから降りたタイミングで、鹿又が言った。

「どうって？」

「とぼけないでよ。私のこと、なんて言ってフったか忘れたの？」

「…………」

「『俺、好きな人がいるんだ』」

「…………」

「『今はその人のことしか考えられない』」

「……やめて。マジでやめて」

軽くモノマネをされ、俺としては恥じ入る他なかった。

いやあ、なんか熱いこと言っちゃったなあ、俺。

青春してるなあ。

「こんな感じで格好よく私をフってくれちゃったわけだけど……そちらの恋愛はどうなってるの？　なにか進展はあったわけ？」

「……ノーコメントで」

「進展してないってことね」

溜息《ためいき》を吐く鹿又。

進展……したかどうかは判断が難しい。

以前より距離は近づいたような気がする。

でも──一番肝心なところが、ぽっかりと空いている。

重要な部分から目を逸《そ》らしたまま、上辺の距離だけが縮まっているような……そういう不安定さがあると、自分でもわかっている。

「別にけしかけるつもりはないけどさ……もうちょっと積極的に行ってみてもいいんじゃないの？　クリスマスも近いし」

「それをけしかけるというのでは……？」

「頑張ってもらわないと私が浮かばれないじゃん。散っていった仲間のためにも、最後まで戦い抜いてほしいよね」

「そんな少年漫画的な話なのか？」

ツッコむ俺だった。

「まあ……相手が相手だから、しょうがないのかもしれないけど」

「え？」

「あー、いやいや、なんでもない」

小さく首を振った後、

「とにかく頑張って。他人事のように応援してるから」

適当にそう付け足して、歩いていった。

「………」

どうやら鹿又は、俺が誰に惚《ほ》れてるのか、すでに察しているらしい。

察しながら、あえて言及はせずにいてくれる。

轡にも結構見抜かれてるようだし、俺って奴は、ずいぶんとわかりやすい男であるようだ。

でも二人とも——思いもしてないだろう。

俺と桃生《ものう》さんが、とんでもなく面倒で爛《ただ》れた関係になってることまでは。


その日の仕事の終わり際——

会議室で、桃生さんと二人きりになる瞬間があった。

「——という感じで、クリスマスフェアについては昨年のデータと一緒にまとめておいて。去年と同じように、恋愛系の本を中心にやってく予定だから」

「わかりました」

一つの会議が終わった後、二人で残ってデータをまとめる。

「あー……そうだ、あともう一冊、フェアに加えたい本があったのよ。去年、この時期に結構動いた本があって」

「どの本ですか？」

問い返す俺に、桃生さんはやや言いにくそうに、

「……『ラブホテル大全』って本」

と続けた。なんとも言えない気分になる。

「都内の様々なラブホテルについてまとめた本なんだけど……なんか、クリスマスの時期に捌《は》けがよくて……」

「あ、あー……まあ、クリスマスイブとか、めちゃめちゃラブホテルが混雑するって言いますからね……。『性の六時間』とか言って」

「そういうことだからフェアに加えておいて」

「わかりました」

極めて真面目な仕事の話。

なのに……若干変な空気になってしまう。

性の六時間――クリスマスイブの、夜九時から翌日の朝三時までの六時間のことである。

地球上で凄《すさ》まじい数のカップルが性行為を営むことから、そんな風に呼ばれ出したとか。

年齢＝彼女いない歴の俺は、当然ながらその六時間を異性と過ごした経験など、過去に一度もない。

でも、今年は——

「桃生さんは、クリスマスイブになにか予定はありますか？」

タブレットを見つめて作業したまま、俺は言った。

逸《はや》る鼓動を必死に抑えながら、できるだけさりげなく。

「……なんにもないわよ。普通に仕事」

こちらを見ないまま、淡々と桃生さんは言った。

「そうですよね。今年、イブは金曜日ですもんね」

「ええ」

「俺も普通に仕事で……」

「仕事が終わったら——一人で家に帰るだけね」

桃生さんのその一言に、どういう意図が込められてたのかはわからない。なんの意味もない言葉なのか、あるいは——なんらかのパスだったのか。

でも俺はその一言に後押しされ、

「じゃあっ」

と続けた。

「俺と二人で……過ごしませんか？」

桃生さんは作業の手を止め、目を丸くした。

「二人で……？」

「あっ、いやっ、そんな深い意味はなくて……。お互いにフリーで予定もないなら、別に一緒に過ごしてもいいんじゃないかなって思っただけで……」

「………」

「えっと、無理なら全然、大丈夫なんですけど――」

「――いいわよ」

桃生さんはこちらを見ずに、サラッと言った。

俺は呆気《あっけ》に取られてしまう。

「い、いいんですか？」

「そっちが誘ってきたんでしょ？」

「そう、ですけど」

「なんの予定もないからね。断る理由もないし」

「……あ、ありがとうございます」

「まったく……実沢くん、そんなに『性の六時間』を楽しみたいわけ？」

「え……いやっ、ち、違いますよ！　決してそれ目当てじゃないですから！　あくまでクリスマスというイベントを楽しみたいだけであって」

「じゃあそういうの、なしでもいいの？」

「なっ……そ、それは」

「冗談よ」

焦る俺に、クスクスと笑う桃生さんだった。

「何年ぶりかしらね、誰かとクリスマスを過ごすなんて」

どこか弾んだ声で言う桃生さんに、俺の方も胸が高鳴る。

クリスマスイブを好きな相手と一緒に過ごせるなんて。

こんな幸せがあっていいのだろうか。

と。

まあ。

このときの俺は、どこか舞い上がっていたように思う。

鹿又にけしかけられたせいなのか、恋心を隠すことも忘れて、思い切りアプローチめいたことをしてしまった。桃生さんが止めないのをいいことに、どんどん露骨になっていたと思う。

完全に舞い上がってたし、浮かれていた。

俺達の関係の歪《いびつ》さから、完全に目を逸らしていた。

結果から言ってしまえば——俺達のクリスマスイブは失敗に終わる。

いや、あるいは失敗以前の問題かもしれない。

クリスマスイブ当日に——俺達は会うことすらできなかったのだから。

破滅へのカウントダウンは、このときにすでに始まっていた。

第三章　桃生課長と聖夜前

クリスマスイブ、一週間前——

来たるべき日に備え、俺の方はディナーを予約したり、プレゼントを用意したりと張り切って準備を進めていたのだが——そんな折、桃生《ものう》さんからペアリングのお誘いがあった。

今日の夜、うちに来てほしい、と。

なんというか……ちょっと予想してないタイミングだった。

次のペアリングはイブの日に——いわゆる『性の六時間』になるのかと勝手に思っていたわけだけれど……でも、そうだよな。

そもそも俺達のペアリングは、妊娠のためにやってること。

妊娠しやすい日にセックスしなければ本末転倒で、そのタイミングは季節のイベントなんかを待ってはくれない。

ただ、その日の呼び出しはいつもと少し違っていた。

一つは——お泊まり前提。

これに関しては前回の経験を経て決まったことだ。なので俺は、一旦家に帰り、宿泊の準備をしてから彼女の家に向かう。

そしてもう一つは——夕飯を一緒に食べよう、ということ。

「実沢《さねざわ》くん……私が誘うと、毎回夕食は済ませてから来てたでしょ？」

家に到着してから、桃生さんが言った。

「気を遣ってくれてるのはわかるんだけど……正直、面倒臭くてね。会社で別れて、別々にご飯食べて、その後にまた合流って……。どう考えても一緒に食べた方がいろいろスムーズだと思うし」

その点に関しては——完全に同意である。

俺も若干面倒臭かった。

なんとなく遠慮して、線引きをするようにしていたけれど、桃生さんから誘ってくれるのであれば断る理由はない。

「だから今日はうちで食べましょう。私が作ってあげるから」

そう言って、部屋着の上にエプロンをつける桃生さん。

エプロン姿は、初めて見たような気がする。

「も、桃生さんが作ってくれるんですか？」

「ええ」

「まさか、そんな」

「そんな驚くこと？」

「いやだって……全然そんなイメージなかったから。冷蔵庫も、いつも空っぽだし」

「……っ。わ、私だってね、やろうと思えば料理ぐらいできるのよ。一人暮らしだと面倒だからやらないだけで」

プライドを傷つけてしまったらしく、ムスッと頰《ほお》を膨らます。

「実沢くんは座って待ってなさい。今、作ってあげるから」

そう言われ、俺はソファで待機することとなった。

桃生さんの手料理……なんだかソワソワしてしまう。

期待で胸が膨らむが——その膨らみは、すぐに萎《しぼ》むこととなった。

「あ、あれ？　コンセント、どこだったかしら……？」

桃生さんの部屋は、キッチンとリビングが繫《つな》がった造り。

だからソファで待っていると、料理中の様子が勝手に伝わってくる。

戸惑いや焦りの声や、ガチャンガチャンと調理器具や調味料の瓶をぶつけるような音。

振り返らずにはいられないほどだった。

「……このコンロ、どこでつけるんだっけ……？　こっちは魚用グリルで……。え？　なにこのフライパン……取っ手を後からつけるタイプなの……？　あれっ、去年買った砂糖、完全に固まってる……」

「あの、大丈夫ですか？」

「だ、大丈夫よ！　実沢くんは安心して待ってて！　……え？　あっ、待って、動画、進みすぎ……ああっ、手が、手が」

見れば桃生さんは、タブレットで動画を確認しながら調理を進めようとしていた。しかし動画とペースが合わず、そして手が濡《ぬ》れてしまっていてタブレット操作も手間取るという、大変な状況のようだった。

「え、えっと……えっと」

「──手伝いますよ」

居ても立ってもいられなくなった俺は、キッチンに向かった。

タブレットを手に取る。

「なっ……だ、大丈夫よ。私一人で、ちゃんと」

「二人でやった方が効率いいですよ」

「……うう」

小さく呻《うめ》く桃生さん。

「ち、違うのよ……。本当はちゃんと、できるんだから。ただ……この数年、ほとんど自炊してなくて……。この部屋に越してきてから、キッチンなんかほとんど使ってこなかったから、ちょっと勝手がわからなかっただけで……」

「わかってますって」

あれこれ言い訳する桃生さんだったが、やがて小さく息を吐く。

「……呆れてない？　この手の仕事バリバリ系のキャリアウーマンはやっぱり料理とか全然ダメなんだよなあ、とか思ってない？」

「思ってませんよ」

てか、仕事バリバリ系のキャリアウーマンって。

そこは自覚あるんだ。

まあ実際そうだけど。

「……こんなはずじゃなかったのに」

しょんぼりと落ち込む桃生さんだった。

その後は二人で料理をする。

格好つけることをやめて落ち着いたおかげなのか、協力し始めてからはスムーズに調理を進めることができた。俺はタブレットを読み上げたぐらいで、ほとんど桃生さん一人で仕上げた形だ。

できあがった料理は——豚の生姜《しょうが》焼き。

オーソドックスな料理だが、俺としては嬉しくてたまらない。

だって、好きな女性の手料理なのだから。

「ど、どう？」

「めちゃくちゃ美味《おい》しいです」

「ほんと？　よかったぁ……。はあ……できるなら、一人で全部やりたかったんだけどね」

「いいじゃないですか。楽しかったですよ、二人で料理するのも」

「そうね。意外と楽しかったかも」

談笑しつつ、夕食が終わる。

片付けと皿洗いを済ませ、テレビをつけてしばらく過ごした後——

「そろそろ私……シャワー浴びてくるわね」

と桃生さんが席を立った。

ああ、そうか。

今日はいつもより早く俺が来てしまったから、桃生さんはまだシャワーを浴びていないのか。

夕食をとってすっかり団欒《だんらん》のムードになっていたが……忘れてはならない。

俺はあくまでペアリングのために来ているのだから。

やるべきことはやらなきゃならない。だから向こうは今、準備のためにシャワーを浴びようとしている……いや、待てよ。

ちょっと待て。

もしかして今なら――いけるのか。

ずっと夢に見てきた男のロマン……でも今までタイミングがなくてお願いできなかったこと――もしかして、今がチャンスなのか。

「十分ぐらいで出るから、少し待ってて」

「あ、あのっ」

浴室に向かう桃生さんを、慌てて呼び止める。

「どうしたの？」

「いや、その、えっと……」

己を奮い立たせ、意を決して俺は言う。

「い、一緒に入ってもいいですか？」

「………え？」


結論から言うと——オッケーだった。

かなり嫌がられたけど。

すっごく渋られたけど。

最終的にはなんとか合意していただいた。

最近気づいたことだけれど……桃生さん、意外と押しに弱い。

頼めば結構なんでもしてくれる。

ペアリングの最中とかにちょっと恥ずかしいお願いをしてみても、『まったく……実沢くんは……！』と一通りの説教をした後に、なんだかんだやってくれることが多い。

優しい人だから受け入れてくれるのか。

それとも——彼女の方にもちょっとぐらい、エッチなシチュエーションを楽しんでみたい願望が存在しているのか。

「は、入るわよ……」

浴室に湯を張り、俺が先に湯船に入って待っていると、脱衣所の方から緊張に震えた声が聞こえてきた。「どうぞ」と返すと、がらりとドアが開く。

「…………」

思わず息を呑《の》む。

そこに立っていたのは──白いタオル一枚で前を隠した桃生さん。

浴室の明るいライトに照らされ、美しい体がはっきりと見える。

ややむっちりとした太もも。官能的なカーブを描く腰回り。豊満な胸部は、細長いタオルでは全然隠しきれていない。

そして顔は──真っ赤に染まっていた。

羞恥に耐えながら、タオル一枚で気持ち程度の抵抗を見せている桃生さんは……たまらなく魅力的だった。

「……ちょっと。見すぎじゃないかしら？」

怒りと緊張が滲《にじ》む声で言う。

「あっ。すみません、つい……」

「つい、じゃないでしょ。まったく……実沢くんはいつもいつも」

「タオル……使ってるんですね」

「当たり前でしょ……！　だって、こんな明るいところで……」

消え入りそうな声で言う桃生さん。

すでに何度も体の関係を持ち、お互いの裸を見せ合ってる俺達だけど――それは全て薄暗い寝室や、ホテルでのことだ。

こんな明るいライトの下で、裸を見せ合うのは初めてかもしれない。

「確かに、俺もちょっと恥ずかしいですね、裸見られるの」

「実沢くんはいいでしょ……。シュッとして鍛えた体してるし」

「だからって見られて恥ずかしくないわけでもないですけど……。あっ、でも鍛えてるって言えば」

ふと俺は言う。

「桃生さん、最近少し痩せましたよね」

「わかる!?」

食いついてきた。

凄《すさ》まじい勢いで食いついてきた。

「そう……そうなのよ。痩せたのよ。痩せちゃったのよねえ。自分でも見ててはっきりとわかるぐらい、お腹《なか》回りがすっきりしちゃって……。ま、まあ、別に痩せようと頑張ってたわけでもないんだけど」

嬉々《きき》として語る。

正直……そこまで痩せたわけじゃない。見ててわかるほどじゃない。俺はまあ……なにかと触れ合う機会が多いからわかっただけで。

「桃生さん、元々そんなに太ってなかったと思いますけど。全然気にする必要もないっていうか」

「……違う、違うのよ実沢くん。女が痩せたいのはね、男のためじゃなくて自分のためなのよ。もちろん男のためって気持ちがゼロではないんだけど、一番は太った状態の自分を自分が許せないから——あっ」

複雑な乙女心を語る桃生さんだったが——そのとき。

話に熱が入りすぎたためか、うっかりタオルを手放してしまった。

はらり、と。

白いタオルが落ちる。

一糸まとわぬ桃生さんの体が、目に飛び込んできた。

「〜〜〜〜っ」

「あっ……す、すみませんっ」

俺は慌て目を逸らす。

「〜〜っ。……っ！　〜〜っ！　…………はあ、もういいわよ」

凄まじい羞恥と懊悩《おうのう》を感じさせながらも、全てを諦めたような声で桃生さんは言った。

「もういい。もう知らない。もうなんでもいい。で？　なに？　私、そこに入ればいいの？　そうすれば満足ですか？」

「な、投げやりにならないでくださいよ……」

もはや怒るのにも疲れたようで、桃生さんは湯船の空いたスペースに入ろうとしてきた。

「……やっぱり二人だと狭いわね」

「じゃあ、こう、一緒の向きになる感じ……ですかね？」

「そうするしかないわね……。私が実沢くんの前に入って」

「で、俺が前に手を回して」

「そうそう──って、ちょっと！　お腹は触らないで！」

「え？　じゃあ、お腹の上の方に」

「上はもっとダメよ！」

「じゃあ、下に？」

「下は一番ダメ！」

言い争いながら、どうにか二人が落ち着けるような収まりのいいポジショニングを探していく。最終的には、俺が背後から抱き締めるような形で、お腹には触らないよう気をつけた。

いやー……ヤバいな、これ。

ちょっと密着しすぎじゃなかろうか。

素っ裸の桃生さんを、背後から思い切り抱き締めた状態。体温や感触が全てダイレクトに伝わってくる。一瞬でのぼせてしまいそうだ。

「ふぅ……。ようやく落ち着いたわね」

「そうですね」

「……まあ、一カ所、落ち着いてない部分があるみたいだけど」

「そ、そこはどうしようもないので」

無理無理。落ち着くわけがない。思い切りお尻に突き刺さるような感じになってしまっているけど、これについては諦めてもらうしかない。

「……なんだか不思議な気分ね。お互いに裸になって、一緒にお風呂に入るって」

まだ緊張が残る声で言う。

「なんか……セックスするより恥ずかしいかも」

「そ、そうですか？」

「うん……いや、わかんない。別種の恥ずかしさなのかしら？」

上手《うま》く言語化できないようだけれど、言わんとすることはなんとなくわかった。

改めて考えてみたら——一緒にお風呂というのは、何度かセックスを経験した恋人が初めて到達できる領域だったのかもしれない。

「ありがとうございます、これで楽しいの？」

「……実沢くん、お願い、聞いてもらっちゃって」

「楽しいっていうか、嬉しいっていうか。まあ……男のロマンみたいなものじゃないですか。女の人と一緒にお風呂入るって」

「……ほんとに？」

怪訝《けげん》そうに言う桃生さん。

「でも私、初めてよ？　男の人と一緒にお風呂入るなんて」

「そうなんですか？」

「ええ。こんなお願いしてきたの、実沢くん以外にいなかったもん」

「だとしたら……はは。ちょっと嬉しいですね」

「嬉しい？」

「いや、なんか……なんとなく」

慌てて誤魔化《ごまか》す。言えない。

桃生さんの初めてを奪えて嬉しい、なんて。

その後、しばらくのんびりと入浴を楽しむが――

「そろそろあがりましょうか。のぼせる前に」

桃生さんが静かに立ち上がり、俺の腕から離れていく。

柔肌の感触が消え、寂しい気持ちになっていると、

「ほら、実沢くんもあがりなさい」

と言って、桃生さんはその場に膝をついた。

そして――シャワーチェアに座るよう促してきた。

「せっかくだし、背中ぐらい流してあげるわ」

「え……？　い、いいんですか？」

「男のロマンは尊重してあげないとね」

呆《あき》れたように、それでいて少し悪戯《いたずら》っぽい口調で、桃生さんは言った。

一気に気持ちが高まる。

俺は湯船から出て、椅子に腰掛けた。

「ありがとうございます。一生の思い出にします」

「大げさな……」

「あとで俺も、背中流させていただきますんで」

「じゃあお願いしようかしら……ああ、そうそう、一応言っとくけど——エッチなことはなにもしないからね？」

石鹸《せっけん》をポンプで出しながら、桃生さんは釘《くぎ》を刺してきた。

「お風呂場でするなんて……そんなはしたないマネ、絶対に嫌だから。体洗ったらすぐあがるわよ」

「わ、わかりました……」

「本当にわかってる？　絶対だからね。盛りのついた動物じゃないんだし、ところ構わずおっ始めるなんて……ありえないわ」

強い口調で言う。

「私は絶対、お風呂場ではしない」

結論から言うと――その十分後、お風呂場でした。

すぐにおっ始まって、最後までしっかりやってしまった。

……うん、まあ、無理だよね、我慢するなんて。

体を洗い合ってたら……自然とそういう空気になって、もう止まれなかった。がっつりやってしまった。

ネットの体験談とかを見ていると、お風呂場で流れでする場合、コンドームがなくて困ることが多いらしいけど……幸か不幸か、俺達は避妊具を必要としない関係。なんの淀《よど》みもなくスムーズに始めることができた。

「……もう二度と実沢くんとお風呂には入らない」

風呂からあがって着替えた後、桃生さんは頬《ほお》を膨らませていた。

かなり怒った、というか拗《す》ねた様子だった。

「絶対にしないって言ったのに……」

「ご、ごめんなさい、なんか」

「……悪いと思ってないでしょ？」

「思ってますよ。でも、まあ……決して俺だけの責任ではないとも感じてるというか。桃生さんもなんだかんだ、積極的だったというか」

「なっ！　ち、違うわよ！　実沢くんが変な洗い方してくるから……」

「いや、先に触ってきたのは桃生さんでしょう」

「あ、あれは本当に手が滑っただけで……」

「二回戦とか、完全に桃生さんの主導で始まったし」

「……あーあー、知らない知らない。もうなんにも知らない。実沢くん、今日は廊下で寝てね。寝室への出入り禁止を命じます」

「ちょ、ちょっと待ってくださいよ」

軽い言い争いをしながら、リビングへと戻る。

その後、軽くノンアルコールのハイボールを飲みつつ、ネット動画などを見てまったりと時間を過ごす。

夜の十二時近くになり、寝室へと移動する。

「えっと……いいんですかね？　俺、一緒に寝ても」

「なによ。今更でしょ？　もう何度一緒に寝たと思ってるの？」

それはそうなんだけど。

ペアリングの果てに疲れきって朝まで眠ってしまうようなことは何度かあったけど——

なにもしないのに一緒に寝るのは、初めての経験だ。

なんだか変な緊張をしてしまう。

さすがに今日はもう、ペアリングの方はしなくても大丈夫なんだろう。お風呂場でやってしまったし。これ以上やれと言われても……まあ、頑張ればできなくはないだろうけど、そんなに頑張ることでもないというか。

妙な緊張感の中、俺達はベッドに入った。

先に桃生さんが入り、俺は反対側の端の方に寝るようにする。

ギリギリまで端に寄ったため、間には変なスペースができてしまう。

十二月の夜は、屋内でも少し寒い。寝室には一応、オイルヒーターがあるけれど、間のスペースだけ布団が浮いて、妙な肌寒さがあった。

「……なんで、そんな離れてるの？」

隣に寝ている桃生さんが、不思議そうに問うてきた。

「いや、なんか……くっつくのも変な気がして」

「…………」

「だってもう、今日は、しないわけじゃないですか」

俺は言う。迷いをそのまま口にする。

「……ペアリングするわけじゃないのに、桃生さんに触れていいのか、わからなくて」

俺の中での、ある種の線引きだった。

セックスのためなら、触れていいだろう。

触れ合わなければ子供を宿すことはできないのだから。

でも、セックスしないときは？

なんでもないときに気軽に触れるのは――なんだか違う気がした。

だって、そんなの。

恋人同士にしか許されないことじゃないのか。

そういう線引きは、最低限しておかないといけない――

「……妙なところで律儀なのね」

感心したように呆れたように、桃生さんは言った。

「ていうかさっき、お風呂で思い切り触ってたじゃない……」

「いやっ、あれはあくまで、ペアリングの前段階だったというか。そういう行為をするために お風呂に入ってたから、あの入浴行動は実質的に行為の中には含まれてる感じで……」

慌てて言い訳していると――桃生さんが体を横にしてこっちを向いた。

手で少し布団を押し上げて、

「ほら、こっちに来なさい」

と誘ってきた。

「……いいんですか？」

「スペースが空いてると寒いのよ」

優しく、それでいて蠱惑的《こわくてき》な言葉に導かれ、俺は身を寄せていく。

二人の間の距離が――ゼロになる。

自然とお互いに手を伸ばし、軽く抱き合うような体勢となった。

「実沢くん……温かいわね」

「桃生さんも温かいですよ」

「そうね」

吐息を肌で感じるような距離で、桃生さんは言う。

「二人でいると、温かいわ」

温かい。

セックスのときの激しい熱さとは、まるで違う。互いの体温をじんわりと実感し合うような、穏やかな温かさがあった。

「クリスマス、どうしよっか。実沢くん、なにか計画してくれてるの？」

「はい、一応……」

「なんだか悪いわね、お任せしちゃって」

「いえいえ、俺が好きでやってるだけなんで」

「なら甘えさせてもらおうかしら」

「……楽しみですね、クリスマス」

「うん、楽しみ」

それから俺達は、たわいもない話をしたり、パジャマの中に手を入れて軽く悪戯したりしながら……幸福の中で眠りに落ちた。


朝になっても、幸福は終わらなかった。


「……ん」

目を覚ますと、桃生さんはまだ寝ていた。

体を起こした俺の隣で、すやすやと寝息を立てている。

長い睫毛《まつげ》、吐息の漏れる唇……無防備な姿はたまらなく色っぽく、それでいてかわいらしかった。

そういえば初めてかもな、桃生さんの寝顔見たの。

今まで泊まったときは、いつも桃生さんが先に起きて、俺が起きる前に着替えもメイクもばっちりと済ませてたから。

幸福な気分で寝顔を眺めていると——やがて彼女も目を覚ます。

「んー……ふぅ……ふぇっ!?　えっ!?　さ、実沢くん!?」

「おはようございます」

「や、やだ……もう起きてたの？」

「ちょうど今起きたところでした」

「……なんでこっち見てたの？」

「いやー、その……なんか、桃生さんの寝顔、新鮮だったんで、つい」

「〜〜っ！　もう……やめてよ、恥ずかしい……」

照れて顔を隠しながらベッドから下り、桃生さんは寝室から出ていく。

幸福な気持ちのまま、俺も後に続いた。

軽く身支度を調えた後に、二人で朝食の準備をする。

昨日の夜に冷蔵しておいたご飯と、今焼いた目玉焼き。

シンプルなメニューだった。

「実沢くん、目玉焼きは醬油《しょうゆ》派？」

「どっちかと言えば。まあ正直、なんでもいい派です」

「私も強いて言えば醬油派ね。黄身は？　半熟派？　固焼き派？」

「あー……黄身にはあんまりこだわりとかないですねー。サッカーやってた頃は、黄身は残して白身だけ食べてたんで、今も白身の方が好きな感じで」

「わー、ストイックぅ……」

本当にどうでもいい会話をしながら、朝食をのんびりと楽しんだ。

食べ終わった後は、二人で片付け。

口には出さないけれど……なんだか、同棲《どうせい》し始めたカップルみたいだな、と思ってしまう。そのぐらい、幸福感に満ちている。

そう。

幸せだ。

幸せすぎるぐらい、幸せだ。

「コーヒー、淹《い》れるわね」

俺が皿を拭いていると、桃生さんがカップを二つ並べた。

ここで言うコーヒーとは、当然、彼女が愛飲しているチャコールコーヒーのことである。

黒い粉末を入れたカップに、沸かしたお湯を注いでいく。

独特の香ばしい匂いが漂ってきた。

「これが出てくると、桃生さんの家に来たって感じがしますね」

「ふふっ。前も似たようなこと言ってなかった？」

おかしそうに笑う桃生さん。確かに言ったかもしれない。この部屋で一夜を明かすたびに、毎回朝はこのコーヒーを飲んでるから。

共に夜を過ごし、共に朝を迎えた証《あかし》みたいになっている。

幸せだ。

幸せすぎるぐらい、幸せだ。

そう。

だからつまりは——幸せすぎたんだと思う。

今この瞬間が、あまりにも。

夢のように幻のように、幸せだった。

だから俺は、自分でも気づかないうちにギリギリになっていて、今にも張り裂けそうなぐらいに張り詰めていて——

きっかけなんてきっと、なんでもよかったんだと思う。

「できたわよ……あら？」

コーヒーを淹れ終えた桃生さんが、ふと俺を見る。

「実沢くん……顔にご飯粒ついてるわよ」

「え？　どっちですか？」

慌てる俺に、

「ここ」

と桃生さんは手を伸ばし、頬《ほお》に触れた。

「ふふっ。もう、情けないわね」

その自然な仕草が、さりげない優しさが、ここぞとばかりに年上の女感を出してマウントを取ってくる愛らしさが。

俺の胸を射貫《いぬ》いた。

心の中でずっと耐えていたなにかを壊す、最後の一押しとなった。

「……え？」

頬に伸ばされた手を、反射的に掴《つか》む。

そして――

「好きです、桃生さん」

俺は言った。

言ってしまった。

きっかけなんてきっと、なんでもよかったんだと思う。

そのぐらい、俺はギリギリだった。

彼女への気持ちを、抑えきれなくなっていた。

「好きです……好きに、なってしまいました……」

思い返してみれば――

ここ最近は、少し調子に乗りすぎてたと思う。桃生さんが拒まないからって、どんどんエスカレートしてしまった。

どんどん――恋人っぽいことばかり要求してしまった。

楽しかった。

嬉しかった。

幸せで、幸せすぎて――だからこそ、胸の奥ではずっと苦しかった。

拭い去れない虚《むな》しさが常に心の傍らにあった。

本質から目を逸《そ》らし、上辺だけでカップルごっこをしている虚しさに、耐えて耐えて耐え続けてきたけれど——それが今、とうとう決壊してしまった。

この幸せが偽物でしかないことに、我慢ができなくなった。

——もし万が一、億が一、どっちかが本気になっちゃったら。

——こんな関係、辛いだけでしょう？

ああ——まったく。

悲しいぐらい、残酷なぐらい、桃生さんの言う通りになった。

辛かった。本当に辛かった。

本気で好きな相手と気持ちは通じないまま体だけを重ねる関係が、こんなに辛いなんて思いもしなかった。

「……ごめんなさい。好きになっちゃダメだって言われたのに……さんざん、釘《くぎ》は刺されたのに……それなのに、約束を破っちゃって。でも……もう、どうしても我慢できなくて」

堰《せき》を切ったように感情が溢《あふ》れ出《だ》す。

溢れ出す思いを、もう留《とど》めておくことができなかった。

「あの、でも、だからってこの今の関係を終わりにしたいわけじゃなくて……。ど、どうにかならないでしょうか？　お、俺と……真剣に、交際することを、検討していただけないでしょうか？」

もう自分でもなにを言っているのか、わからなかった。

相手の顔を見ることができず、下を向いたまま言葉を吐き出す。

「……子供が欲しいっていう桃生さんの気持ちは、もちろん尊重したいと思ってます。俺の方は、まだ全然、結婚とか子供とかの覚悟が決まってるわけじゃないけど……でも、好きな気持ちだけは本当で……だから、その……は、話し合いたいんです！　とにかくもう一度、ちゃんと話し合って……」

口から出ていくのは、謝罪してるような縋っているような、情けない懇願の言葉ばかりだった。

どうにか捨てられないようにと、必死に予防線を張ってばかり。

言いようのない惨めさがこみ上げてくる。

なにを言ってるのだろう、俺は。

こんなはずじゃなかった。

嘘《うそ》偽りない本音だけど、こんな形で伝えたいわけじゃなかった。

「……そっか」

やがて——

沈黙していた桃生さんが口を開いた。

「実沢くん、私のことが好きなんだ」

「……はい」

俺は下を向いたまま返事をする。

「ありがとう。私なんかのこと、好きになってくれて」

「…………」

「正直に言うと……もしかしたらそうなんじゃないか、って思ってた」

「え……」

「実沢くんは私のことが好きなんだろうって、なんとなく気づいてた。気づいてて、知らないフリをしてたの。実沢くんとの今の関係が——楽しかったから」

「そ、それじゃ——」

優しい声音で語られた言葉に、思わず顔を上げる。

わずかな希望を感じて。

しかし——

相手の顔を見た瞬間、息が止まった。

桃生さんは——笑っていた。

静かに笑っていた。でもそれは、見たこともない笑顔だった。なにもかもを諦め、全てを覚悟したような。ぬるま湯の夢から抜け出して、厳しい現実で一人生きていく決意を固めたような。

一切の他者を突き放す、拒絶の笑み。

「楽しかった。夢みたいに楽しかった。だから——」

桃生さんは言う。

「——もう、終わりにしなきゃね」

そして——俺達の関係は終わった。

クリスマス、一週間前のことだった。

第四章　桃生課長と新年度

季節は巡り――春が訪れる。
年度が変わり、俺は社会人三年目となった。
「…………」
営業部のオフィス。
パソコン画面に向かいつつ、いつも通り仕事をこなす。
すると。
「実沢《さねざわ》くん」
と。
直属の上司である課長が、俺に近寄ってきて声をかけた。
作業の手を止め、課長の方を振り返る。
そこに立っていたのは――佐久間《さくま》課長であった。

眼鏡をかけた壮年の男性で、顔つきも口調もとても穏やかな人だ。

「なんですか、佐久間課長」

「頼んでた資料できてるかい？」

「はい、もう印刷も終わってます」

「助かるよ、ありがとう」

資料を手渡すと、佐久間課長はパラパラと目を通す。

「まだうちに移ってきたばかりで大変だろうに……実沢くんは仕事が速くて助かるよ。資料もまとまってて読みやすいし。桃生《ものう》課長によっぽど鍛えられたのかな？」

「あはは……そうかもしれないですね」

資料を受け取った佐久間課長が去っていく。

そしてちょっとすると——今度は鹿又《かのまた》がやってきた。

「実沢くん、そろそろ会議行くよ」

「ああ」

頷《うなず》いて席を立つ。今日はこれから、ライトノベル編集部との部決会議——書籍の発行部数を決める会議がある。

「しかし来月の刊行点数もヤバいよな……」

「あはは。実用書とは全然違うよね。今月はアニメ化作品固まってるし、延期延期で流れてきた作品もあるから」

「書店のライトノベル置いてる本棚はどんどん減ってるのに、こんだけ刊行点数が増えたら、俺ら営業はどう対応したらいいんだ？」

「……それはライトノベル営業が、今一番向き合わなきゃいけない問題なんだよね。私にも答えはわかりません」

営業部を出て、ライトノベル編集部が待つ会議室へと向かう。

社会人三年目。

今年の春の人事で、俺は営業第三課から、鹿又がいる第一課へと異動した。

実用書を担当する課から、漫画・ライトノベルを担当する課へと。

「………………」

廊下を歩いて第三課の前を通りすぎる際、一瞬だけ視線をやる。

課長席には今日も、桃生さんが座っていた。

近くには今年入った新入社員の男がいて、早速なにかやらかしたのか、桃生さんから厳しい指導を受けてるところだった。

視線を戻し、歩き出す。

俺は今、桃生さんとは違う課で働いている。

彼女はもう、俺の直属の上司ではなくなっていた。


あの日——

俺が約束を破って告白してしまった日に、俺達の関係は破綻した。

決定的に——破綻した。

ペアリングはもちろん、プライベートで連絡をすることすらなくなった。

会社では、普通の上司と部下として過ごすようになった。

当然、一言では説明できない感情が胸中には渦巻いていたけれど、桃生さんが淡々としていたから——あまりに淡々としていたから、俺の方も合わせるしかなかった。

仕事の話だけをし、余計な会話は一切しない。

まるで、あの数ヶ月のことが全て嘘だったみたいに、桃生さんとの関係は元通りになった。社内で『女帝』と恐れられる敏腕課長と、それに付き従う若手社員。それ以上でもそれ以下でもない関係に、俺達は戻ってしまった。

言うまでもなく——クリスマスの約束もなかったこととなった。

なにも感じなかった、わけじゃない。

言いたいことも伝えたいこともたくさんあった。

でも、なにも言えないまま時が過ぎていき――

そして、春を迎えた。

人事に関しては、俺が希望を出したわけではないし、桃生さんがなにかしたわけでもないと思う。

ちょうど営業第一課で退職者が複数出たことが、異動の理由らしい。

課を異動し、直属の上司でなくなると――仕事で会話することもなくなった。

同じフロアにいるから姿は見かけるけど、会って話すことは全くない。

なまじ近くにいるせいか、余計に遠く感じてしまう。

話せないのに姿だけは毎日のように見かける。そんな今の関係が、どうしようもなくもどかしい。

こんな思いをするぐらいなら、いっそ――

「もうマジで辞める、こんな会社……！」

昼食、である。

今日は轡《くつわ》に誘われて、一緒に外で食べることになった。

定食屋に入って一通りの食事が終わった後に、轡は溜《た》まりに溜まったものを爆発させるかのように大仰に嘆いた。

俺はなんとも言えない気持ちになる。

「先週も聞いたぞ、その話」

「いや今度はマジだ。マジでもう限界。明日辞表出す」

「せっかく希望してた編集部に入れたんだろ？」

「だからだよ！」

叫ぶ轡。

こいつもこの春、俺と同じように異動があった。

かねてからの希望が通り、編集部への異動が認められたのだ。

それも我が社の花形——漫画・ライトノベルを担当する第一編集部だ。

入社時から編集部希望だった轡は、辞令が出たときは大層喜んでいたが——異動してから一ヶ月、早くも夢と現実の違いを味わっているようだった。

「もうさ……おかしいって。なんで当たり前のようにみんな残業してるの？　なんで当たり前のように会社に泊まってるの？　なんで編集部だけ労働基準法が適用されない治外法権なの？」

「…………」

「クリエイターってなんで締め切り守らないの……？　え？　社会人だよね？　約束守らなきゃダメだよね？　そのくせこっちがちょっと連絡遅れたら、グチグチ文句言われるし、ＳＮＳで遠回しな編集批判みたいなのを拡散されるし……。おかしいだろ、なんだこの報われない仕事……」

理想と現実のギャップはエグいようだった。

「はぁー……、もう営業戻りたい。スーツ着て定時で帰ってプライベート満喫してた頃が懐かしい……」

そう言う轡は、シャツにジーンズという大変ラフな格好となっていた。

編集部だとスーツの方が浮くらしい。

営業部時代はビシッと整髪料で整えてた髪も、ずいぶんと適当な感じにまとまっている。

だいぶ編集部に染まってきているようだった。

「実沢の方はどうなの？　営業第一課」

「まあ、なんとかやってるよ。これといってトラブルもないし」

「ふーん、なんだよ、面白くねえな」

「面白くなくて結構」

「一課の佐久間課長、優しそうだもんな。そろそろ桃生課長の説教が恋しくなったりするんじゃねえの？」

軽いノリでからかってくる。

「ならねえよ」

笑って返す。

どうにかこうにか、必死に笑みを作って。

轡に悪気はないんだろうけど、今の俺にはキツい一言だった。封印していた記憶が断片的に蘇《よみがえ》り、胸が苦しくなる。

今となっては、説教されていた過去すら愛《いと》おしい。

俺はもう、一緒に働いてないから。

彼女はすでに、俺ではない部下と仕事をしている。

それに。

もしかしたら、仕事以外でも、俺以外と――

俺達二人で始めた、ペアリングという関係。

すでに俺は、そのパートナーから降ろされた。

数ヶ月が経《た》った今――彼女はすでに、新しい人を見つけているかもしれない。

俺以外の、ペアリングの相手を──

考えないようにしてるけど、考えるだけでも失礼かと思ってできる限り自重しているけど、でもふと考えてしまった瞬間──死にたくなるぐらい惨めな気持ちになってしまう。


昼休みを終え、仕事に戻る。

実用書の営業と、漫画・ラノベの営業。違う部分は山ほどあるけど──その一つに、拡材（販売拡大材料）の豊富さがある。

漫画・ラノベの書店用の拡材の種類は、実用書の比ではない。王道のＰＯＰやポスターに加え、タペストリーやキャラクターのパネルなどもある。

今まで担当してこなかったオタク向け専門店とも積極的に連携を取らねばならず、営業として覚えることはまだまだ山のようにある。

「……よし」

拡材が入った紙袋を両手に抱える。今日は外回りの日。都内にある大きなオタク専門店をいくつか回ってくる予定となっている。

営業部を出て、エレベーターの方へ歩いていく。

そのときだった。

「――っ」

一瞬、足が止まる。

エレベーターの前。

そこに――桃生さんが立っていた。なにも不思議なことではない。同じ営業部で働いているんだ。このぐらいの偶然はあって当然だろう。

止まりそうになった足を必死に前に出し、俺は彼女の隣に並ぶ。

ここで足踏みしてしまう方が、不自然だから。

向こうもすぐ、こちらに気づいた。

「実沢くん……」

「ど、どうも」

桃生さんはほんの少し目を見開くが、すぐに真顔となって前を向き、エレベーターのドアを見つめた。

「外回り？」

「はい。桃生……課長は？」

桃生『さん』と呼びそうになるのを、どうにか回避した。万が一社内で呼んでも大丈夫なようにと考えた呼称だったけれど……今はもう、そんなことを考える必要もないのだろう。

会社以外で会うことは、おそらくもうないのだから。

「私は、外で打ち合わせ」

淡々と言う。

エレベーターが来た。他に乗る人はおらず、そして中にも人はいなかった。密室で二人きり。どのぐらいの距離感でいればいいかわからず、端っこの方に立ってしまう。

言いようのない気まずさの中、

「仕事はどう？」

と桃生さんが口を開いた。淡々と。

「まあ、なんとかやってます」

「そう。ならよかった。ちょっと心配してたのよ、実沢くんと轡くんのこと。入社してまだ二年なのに、異動になっちゃって」

「俺より轡の方が大変そうですね。編集部が予想と全然違ったみたいで。早くも『辞めたい』って愚痴ってました」

「編集部はね……。みんな入る前は夢見てるんだけど……。まあ、轡くんなら大丈夫でしよ。要領がいいタイプだから、どこでも生きてけると思うわ」

「そうですね。あいつなら大丈夫でしょう」

久しぶりの会話。

それなのに驚くくらい、普通に雑談できていた。

気まずさがないことにホッとする反面——この普通さが切なくもある。

だって、まるで。

全部がなかったことになったみたいだから。

あの数ヶ月の全てが、なかったことに。

なにもかもがリセットされて、元の関係に戻ったようだ。

どこにでもいるような、上司と部下。異動になれば疎遠になって、たまに会ったら他人行儀で社交辞令的な雑談をするだけ——

俺達の今の関係性を、改めて突きつけられた気がした。

ああ——

もう自分で自分がわからない。表側で平静を装うだけで精一杯で、心の内側では感情がグチャグチャになって、崩れそうになってる。

「じゃあ、私、こっちだから」

会社を出ると、桃生さんは颯爽《さっそう》と歩いていった。

離れていく背中を――俺はただ見つめることしかできない。

彼女はもう、俺との関係なんて忘れてしまったのだろうか。

割り切って、吹っ切って、過去として処理している。

あるいは――人生の汚点として、早く忘れようとしてるのかもしれない。

当然だ。体だけの関係だと約束していたはずの男が、約束を破り好意を寄せてきたのだから。体だけじゃなくて心まで求めてきたのだから。

裏切ったのは、俺の方。

そんな俺が、彼女になにかを求めるのは間違ってる。今みたいに普通に会話してもらえるだけでも、感謝しなければならない。

これから俺にできることは、彼女の人生に極力関わらないようにすることだけだ。

第五章　桃生課長と爬虫類

五月。

ゴールデンウィーク、初日。

我が家に、新しい家族を迎えることとなった。

「よーし、ケージのセッティングはこんなもんかな」

部屋の中で香恵《かえ》が言う。

犬飼《いぬかい》香恵──めっちゃ犬を飼いそうな名前だけれど、飼育しているのはトカゲやヘビなどの無数の爬虫類《はちゆうるい》。

部屋の隅にある棚に置かれたのは、透明なケージ。『レプタイルボックス』と呼ばれる、爬虫類の飼育に特化したアクリルケージである。

中にはデザートソイルと呼ばれる床材が敷かれ、隠れ家となるシェルターや、飲み水用の皿が置いてある。

「とりあえず必須なものだけ用意したから。これさえあれば問題なし。あとは……冬になったら専用ヒーターとかが必要なんだけど……それはまあ、冬になったらまた教えるから」

「なにからなにまで悪いわね」

「いいっていいって。さーて、それじゃお待ちかね、お引っ越しターイム！」

香恵は横にあった小さいケージから、慣れた手つきで一匹のレオパを取り出し、セッティングしたケージに移した。

レオパ。

レオパードゲッコー。

日本語名は——ヒョウモントカゲモドキ。

正確にはトカゲではなく、ヤモリに分類される。

レオパは個体によって体表の色が異なり、そのカラーリングによって様々な呼び名がある。

この個体は、黄色い体に黒い斑点。

ハイイエローと呼ばれる品種である。

新居に移ったレオパは、ケージの中をのそのそと歩く。新しい環境に慣れていないためか、キョロキョロと周囲を見渡している。その独特なフォルムと仕草に、私は一瞬で心を奪われた。

「か、かわいい……！」

「ふふっ。でしょでしょ？」

香恵はとても嬉しそうだった。

「アダルトのハイイエローちゃん、ぜひともかわいがってくれたまえ」

爬虫類マニアである香恵の影響で、私も爬虫類には興味を持っていた。

といってもネットで動画で見るくらいで、自分で飼ったりはしていなかった。

しかし――本日。

我が家にもとうとう、レオパがやってきた。

爬虫類飼育の王道……あのレオパードゲッコーが！

「本当にいいの？　タダでもらっちゃって」

「いいよいいよ。うちで生まれた子だからタダみたいなもんだし。てか……むしろ金取っちゃダメなんだよね。生体の売買は、資格持ってる事業者じゃないとできない。個人間の無償譲渡なら、やりすぎなきゃセーフ」

言いつつ、香恵は鞄《かばん》から爬虫類のエサが入った市販のパックを取り出す。

健康サプリが入っていそうなパックで、パッケージには正面を向いて舌を出したレオパがいた。かわいい。

「この子は人工のエサで餌付けしてあるから、ピンセットでこのエサを与えればたぶん大丈夫。新しいケージに引っ越すと、一日二日は環境の変化でエサ食べなかったりするかもしれないけど、そのときは無理に与えなくていいから」

「わかった」

「でも……レオパはある日突然、エサを食べなくなったりするから気をつけて。ストレスとか室温とかいろいろ原因はあるんだけど……そういうときは、エサを変えてみるのも大事」

「エサを変えるって……つまり」

「そう。人工のエサから活き餌《いえ》に」

「……っ！」

活き餌。

それはつまり——虫のこと。

爬虫類の主なエサは——虫。

死んだ虫は食べないため、生きたまま与える必要がある。

レオパの活き餌としてペットショップで販売しているのは、餌用に飼育されたコオロギや……ゴキブリとなる。

餌用のゴキブリは、レッドローチやデュビアという海外の品種であり、我々がイメージしているゴキブリとは種類が違う……と、頭ではわかっている。

わかってはいるんだけど……でもゴキブリはゴキブリという認識が消えない。

「レッドローチでいいなら、いくらでもあげるよ。今、家に一万匹ぐらいいるし」

「一万……⁉」

「繁殖簡単だからすぐ増えちゃうんだよね。どうする？　どんぐらい欲しい？　千匹？　二千匹？」

「い、いらないいらない！　コオロギで頑張る！」

ゴキブリを数千匹もらう勇気はない。そんなのが自宅でガサゴソしてたら、恐怖で夜眠れなくなりそう。

「あはは、おっけー。まあ無理強いはしないよ。人それぞれの飼育スタイルがあるからね。なんにしても……私は嬉しいよ。結子《ゆいこ》がやーっとこっち側に足を踏み入れてくれたわけだから」

感慨深そうに言う香恵。

以前から爬虫類の飼育には興味があった。でも……エサが生きた虫という点が凄《すさ》まじくネックで、どうしてもあと一歩が踏み出せずにいた。

「飼おうと決めた理由、なんかあるの？」

「……特にないわよ」

「ふぅーん。てっきり寂しくなったのかと思ったよ。例の年下男子くんと別れて、一人の生活が寂しくなっちゃったのかなあって」

実沢《さねざわ》くんとの関係については、少しだけ香恵には話していた。ペアリングのことは伏せて、『仲良くなってセックスはした相手』という風に伝えている。

そして——その関係が終わったことも、すでに話している。

「そんなんじゃないわよ」

私は言う。

「綺麗さっぱり終わったからね。元々恋人でもなんでもなかったし、終わったらあっさりしたものよ」

「そっか。まあ、そんなもんだよね」

「彼……実は会社の後輩だったんだけど、今じゃ全然、普通に接してるわ。たまに会ってもサラッと会話して終わるし」

「社内の人だったかぁ……。じゃあ案外、付き合うまでいかなくてよかったのかもね。どうせ終わるなら早い方がいいし」

そう、よかった。

これでよかった。

体だけの関係。

子作りするだけの関係。

どうせ未来のない関係ならば――早めに終わってよかった。

長引けば長引くだけ、最後に辛い思いをするだけなんだから。

お互いの傷が深くないうちに、終わることができてよかった。

「当分、男はいらないわ。この子と二人で生きてく」

「それがいい。哺乳類の雄なんてほっといて、爬虫類を愛《め》でていこうぜ」

明るく笑い飛ばすように言う香恵。

私はケージへと視線を移した。

ハイイエローのレオパは、歩き疲れたのかその場で静止していた。

「そういえばこの子、一匹で飼って大丈夫なの？」

「うん？」

「寂しくないのかな、って思って。だってこのままだと、ケージの中でずっと一匹でいるわけでしょ？　仲間とかいた方が……」

「ああ、大丈夫だよ」

香恵は言う。

「爬虫類には――寂しいって感情がないから」

ない？

寂しいって感情が？

「群れを作る哺乳類と違って、生まれた瞬間から一匹で生きてくのが普通だからね。遺伝子レベルの孤独主義者ってわけさ。多頭飼いできないわけじゃないけど……レオパの場合は単独飼育が圧倒的にオススメ。二体以上入れると喧嘩《けんか》始めたりするし」

「…………」

「飼い主相手にも、慣れることはあっても懐くことはないからね。どんだけお世話しても飼い主の顔なんて覚えないし、犬や猫みたいな哺乳類のペットとはそこが違う」

「…………」

「この子もさ、ベビーの頃から私が大事に大事に育ててきて、それで今日、急にお別れになるわけだけど……ま、なんにも感じてないだろうね。その孤高っぷりが爬虫類の魅力でもあるんだけど」

「……そっか」

私は言う。

ケージの中で佇《たたず》む、レオパを見つめながら。

「それなら私——爬虫類《はちゅうるい》になりたいなあ」

「へ？」

「だって爬虫類なら……寂しいって感情、ないんでしょ？」

言葉と一緒に、目からなにかが零《こぼ》れていく。

頰《ほお》を伝って、静かに流れて落ちていく。

「一生一人きりで生きてても、全然平気なのよね？　大事な人とお別れしても、なんにも感じないのよね？　いいなあ……私も、爬虫類だったらよかったのになあ。そしたら……」

「結子……」

私はなにも言えなくなり、ただ黙ってケージを見つめていた。

横にいた香恵は、無言で私の肩を抱いてくれる。

透明な箱に閉じ込められたレオパは、素知らぬ顔で悠々とケージの中を闊歩《かっぽ》していた。

夜。

香恵が帰った後――

部屋では私とレオパが二人きり。

ケージの中で、特徴的な太い尻尾を揺らしながらのそのそと歩いている姿を見つめていると、心が少しだけ癒やされるのを感じる。

広々とした部屋に、一匹のペットがいるだけで、孤独が少し紛れる。

でもそれは裏を返せば――紛らわしたくなるような孤独を感じている自分を、強く意識させられるということでもあった。

「……名前、考えなきゃね。あと……レイアウトも。なにか小物でも入れてみようかしら」

必要最低限の設備しかない、殺風景な飼育ケージ。

ネットで他の飼い主の飼育環境を見ていると……オシャレなレイアウトをしている人がたくさんいた。カラフルな小物を入れたり、石や流木、植物などでアウトドア風に仕上げたり。

ちょっとしたものを、消毒してケージに入れてみるのはアリかも。

なにかなかったかしら？

いい感じの小物――

「……あ」

あちこちの引き出しを開けて探してみると——見つかったのは、レオパのフィギュアだった。

全部で五体あるフィギュア。一つはデート中にクレーンゲームで取ったもので、残りの四体は後からもらったもの。

そうだ。思い出した。

テレビの前に飾ってたのを、ここに片付けたんだった。

捨てようと思ったけど……どうしても捨てられなくて。

——捨てませんよ、記念に取っときます。

——桃生《ものう》さんとデートできた記念に。

——落ち込んでる女子がいたら、ゲーセンの景品とかをプレゼントする。

——そういう学生っぽいノリも、たまにはいいのかなって。

記憶が、思い出が、蘇《よみがえ》ってしまう。

忘れなきゃいけないのに。

なかったことにしなきゃいけないのに。

彼が異動になり、接点が減って、ようやく忘れられそうになっていたのに——些細《ささい》なきっかけで全てを思い出してしまう。

彼がくれた温《ぬく》もり、眼差《まなざ》し、優しい言葉、その全部を五感が覚えている。

もしも。

もしも私が、もっと若かったら。

彼と同じ二十代前半だったなら。

細かいことなんてなにも考えずに、彼の好意を受け入れたと思う。感情の赴くままに行動できたと思う。

でも三十代になった私は……もういろいろなものを背負っている。

下ろしたくても下ろせない荷物が、たくさんある。

お母さんのこと。

どうしても子供を産みたかった理由。

彼はまだ、本当の私を知らない。

私が必死に隠していたから、気づいていないはず。

私が抱えているものを知ったら……きっと私から離れていく。どんなに優しい男だって、一生添い遂げるのは重荷になるはず。
だったら――ここで終わった方がいい。
若い彼には、まだまだ未来があるのだから。
私なんかに構い続けて、人生を無駄にする必要はない――
「……ん？」
そのとき――スマホが震えた。
意外な相手からのメッセージだった。

第六章　実沢春彦の覚悟

桃生《ものう》さんの第一印象を問われれば……『怖い』になるだろうか。

単純に彼女が怖いというより、俺が必要以上に怖がっていたというのもあるだろう。新入社員の立場から見る彼女は、やはりそういう畏怖に近い感情を覚える相手だった。

「――というわけで、今日から私が、あなたの教育係となります。よろしくお願いします」

「は、はい、よろしくお願いしますっ」

入社一年目。

研修を終えて営業第三課に配属された俺は、桃生さんの下で働くこととなった。

新入社員は通常、しばらくは先輩社員について回る。

本来は課長である桃生さんがやる役割ではないのだが、当時は異動や退職などで営業第三課がバタバタしており、桃生さんが教育係も担うことになった。

正直な話……勘弁してくれ、と思った。

新人研修の段階から噂《うわさ》だけは聞いていた。

営業第三課の課長は——『女帝』と呼ばれている、と。

仕事はできるし大層な美人ではあるが、上司にも部下にも恐ろしく厳しい女性である、と。

そんな人が直々に教育係になるなんて、ついてない。

ちょっとでもミスしたら、どれだけ怒られるかわからない。

などと戦々恐々としていたが——

「『拡材』は『販売拡大材料』の略ね。書店で宣伝に使うポスターとかPOPとかのこと。うちの課だとそこまで多くないけど、漫画やラノベの営業になると、結構数が増えるわ。キャラの等身大パネルやタペストリーなんかもあるから」

「は、はい……」

「『部決』……『部数決定』のこと。書籍を初版で何部刷るか、増刷や重版を何部かけるか、そういう部数を編集部と営業で話し合って決定する会議のことを、『部決会議』って呼ぶ。まあだいたい、『一部でも多く刷ってほしい編集部』と、『それをシビアに判断する営業部』がやり合う会議って感じね」

「なるほど……」

「他になにか、わからないことあった？」

「あの……そもそもなんですけど『重版』ってなんですか？　なんとなくイメージではわかってるんですけど」

「あー、そうか、ごめんなさい。まずそこからよね……。『重版』っていうのは——」

教育係一日目の桃生さんは、なんというか……拍子抜けするぐらい普通だった。

なにもできない新人の俺は、ひとまず彼女の後ろについて回ったが、特に厳しい指導や叱責はされていない。

それどころか、空き時間には細かく丁寧に疑問に答えてくれる。出版業界特有の用語なども、嫌な顔一つせず解説してくれた。

取り立てて愛想よくニコニコとしていたわけではないけれど、粛々と淡々と、教育係の役割を全うしているように感じた。

『女帝』というイメージからはかけ離れた、普通の女性——

「お疲れ様。なにか飲む？」

「あ、すみません……」

一通りの業務が終わった後。

桃生さんは社内の休憩スペースにて、缶コーヒーを奢《おご》ってくれた。

自分用のミネラルウォーターも購入した後、椅子に腰掛ける。

「一日働いてみて、どうだった？」

「えっと……まだ全然、働いたっていう実感はないですね。なんにもできなさすぎて、申し訳ないっていうか」

「新人のうちはそれでいいのよ。勉強するのも仕事のうちだから」

ミネラルウォーターを片手に言う。

口調は淡々としていたが、言葉はとても優しいものだった。

じんわりと胸に感動が広がる。

「桃生課長……今日はありがとうございました」

「いいのよ。私は私で、新人教育っていう仕事をしただけだから」

「すごく丁寧に仕事を教えてもらって……。なんとなく、もっと厳しく指導されるイメージがあったから」

「厳しく指導されるイメージ？」

「あっ。いや……」

まずい。余計なことを言ったかもしれない。『女帝』なんて異名、快く思ってるはずがないし、もしかしたら本人は知らない可能性だってある。

失言を後悔する俺だったが、桃生さんは小さく溜息《ためいき》をつき、

「そういう時代でもないしね」

と告げた。

皮肉げで、なにかを諦めたような言葉だった。

「いろいろ大変なのよ、中間管理職っていうのも。上の命令には従わなきゃいけないし、下は育てないといけないし。部下がミスすれば上司の責任だけど、ミスがなくなるよう厳しく指導して辞めちゃったら、それも上司の責任……」

「……………」

「十も年が違ったら、考え方も価値観も全然違うからね。私も若い頃は、上司の古臭い考えや価値観が嫌で嫌で仕方なかった。でも……今は自分が上司側だからね。下の子達から同じように思われてるかもしれないって考えると……いろいろ複雑で」

「……………」

驚いた。新入社員である俺は、当然緊張と不安が多い一日だったけれど――相手の方も、上司だからといって余裕綽々《しやくしやく》ではなかったらしい。

上司ならではの、中間管理職ならではの、悩みを抱えていた。

今日の丁寧な指導は、彼女の優しさではなく……新人の機嫌を損ねないようにと、おっ

かなびっくり接していただけなのかもしれない。

遠慮して、配慮して、腫れ物に触るように。

「……って、ごめんなさい。あなたに言う話じゃないわよね。よくないわ……最近ずっと課がバタバタしてたから、愚痴っぽくなっちゃって」

「あの……」

俺は言う。

疲労が滲《にじ》む上司に向かって。

「俺は、大丈夫ですよ。もっと厳しくしてもらって」

「……え?」

「どんなに厳しくされても、絶対辞めたりしませんから」

「…………」

「自分で言うのもなんですけど……根性だけは自信あるんです。ずっと体育会系の中で生きてきたんで、厳しい指導とかも結構慣れてて」

不安そうな上司を気遣った——わけではない。

相手を慮《おもんぱか》る気持ちも少しはあったが、一番は……俺自身がある程度の厳しさを求めていたからだ。

厳しく指導してもらって、早く会社の戦力になりたかった。

胸を張って社会人だと──立派な大人になったと言いたかった。

サッカーをやめたらなんにも残っていなかった俺の人生に、どうにか新しい柱を構築して、新たな自己を確立したかった。

一年目の俺は、そんなことを考えていた。

「だから桃生課長も、遠慮なくガンガン厳しく指導してください！　よろしくお願いします！」

「……ふふっ」

そこで、桃生さんは笑った。

「急に熱いこと言い出したわね」

今日一日、淡々とした無表情を保っていた彼女が、初めて見せた笑顔。それは思わずドキッとしてしまうぐらい、魅力的であった。

「ガンガン厳しく、ね……まあ、そういうこと言う子に限って、本当に厳しくすると辞めるとかパワハラだとか言い出すんだけど」

言いつつ、桃生さんはミネラルウォーターを一口飲み、そしてボトルをテーブルに置いた。

「うん、わかった。あなたの意見を尊重して――少しだけ厳しくさせてもらうわね」

「はい、お願いします」

「じゃあ――実沢《さねざわ》くん。言わせてもらうけど」

その瞬間。

彼女の目つきが、いきなり鋭くなった。表情も一気に険しくなり、身に纏《まと》う空気が怜悧《れいり》なものへと変貌する。でもそれはどうしてか……すごく自然に見えた。今までの穏やかな雰囲気の方が、無理して作っていたもののように思えてくる。

鋭利な眼光を浴びせられ、思わず身が竦《すく》む。

「事前勉強が全然足りていない！」

「……っ」

「いくら新人だからって、今日までどれだけ時間があったと思ってるの？　出版社に勤める以上、最低限勉強しておくことはあるでしょ！　『拡材』や『部決』はともかく、『重版』を知らないのは勉強不足！　ちょっと本に興味ある人ならみんな知っている言葉よ」

「す、すみません……」

「それに……好きな本や最近面白かった本を聞かれて、パッと出てこないのもダメ。常に市場へのアンテナは張っておきなさい。営業をただ本を書店に置くだけの仕事だと思って甘く見ているの？　これからの時代はね、営業だってクリエイティブな視点を持って仕事に臨まなきゃいけないのよ」

「……はい、はい」

「それから電話対応も酷《ひど》かった……。『桃生課長』って一回言ったなら、そのまま通していい。『社外の人間相手には上司も呼び捨てにする』という常識を律儀に守ろうとしてるのはわかるんだけど、『桃生課長……あっ。桃生は』っていちいち言い直さなくていいの。それから――」

小言が止まらなかった。その後も桃生さんは、それから、それからと俺に対する苦言を口にした。

このような初日を経て、翌日から桃生さんの指導方針は一気に厳しいものへと変わり、俺は彼女が『女帝』と呼ばれている理由を身を以《もっ》て知ることとなる。

『ガンガン厳しくしてください』とお願いしたことを深く後悔しながら、彼女に直接指導される日々を過ごすこととなった。

今となっては……懐かしい。

そう、全てが懐かしくて、愛《いと》おしい。

思い出すだけで、胸が苦しくなるくらいに。

ゴールデンウィーク、初日。

俺は千葉にある実家へと帰っていた。

五月の連休に帰るのは久しぶりのことだった。

今年は年末年始にも帰ったので、この連休に帰る予定はなかった。

でも——急遽《きゅうきょ》帰ることになった。

滅多《めった》に帰ってこない家族の一人が、今回の連休に久しぶりに帰省するというから、両親に呼び出されたのだった。

「あーあ、冷蔵庫、ビールしかなかったわ」

実家のリビング。

大柄で鍛え上げられた肉体をした男が、ビール瓶とコップを持ってキッチンから戻ってきた。

「俺、あんまり好きじゃねえんだけどなあ。春彦《はるひこ》、ビール飲める？」

「飲めなくもないけど……。それなら母さん達を待ってたらいいだろ。いろいろ買ってくるって言ってたし」

「今すぐ飲みたい気分なんだよ」

言いつつ、栓抜きで蓋を開けてビールをコップに注ぐ。

「久しぶりに、兄弟水入らずでな」

コップを差し出され、仕方なく乾杯する。

目の前にいる男の名は——実沢春一郎《しゅんいちろう》。

俺にとっての実兄。

職業は、サッカー選手。

日本代表にも選ばれるような、超一流のアスリートだ。

「にしても、本当に久しぶりだよな、春彦に会うの。何年ぶりだ？　全然予定が合わなかったし」

「……そうだな」

予定が合わなかった——わけじゃない。

俺の方が、兄貴を避けていた。

プロとしてあちこち飛び回ってる多忙な兄貴がたまに帰ってくる日は、なにかしら理由をつけて帰省を避けていた。

できるだけ、顔を合わせたくなかったから。

顔を合わせるだけで、コンプレックスが刺激されて惨めな気分にさせられるから。

兄、実沢春一郎は天才だった。

幼少期からエリートコースを歩み、プロとしても成功を収めている。

そして弟である俺は、同じ親から生まれて同じような環境で努力したにもかかわらず、全てにおいて兄に及ばなかった。

兄と比較されては失望され、そんな評価を覆そうと努力しても報われず、最後は怪我《けが》で引退。それが俺の、サッカー人生。

偉大なる兄に追いつこうと死に物狂いで走り続けたが、背中に触れることすらできないまま挫折した。

だから兄は俺にとって、コンプレックスの象徴みたいなものだ。

「どうなんだよ、仕事の方は？　出版社なんだっけ？」

「普通だよ」

「本作ってんだろ？　なんかすごそうだな」

「いや俺、編集じゃなくて営業だから。作るんじゃなくて売る方。前は実用書だったけど、この春から漫画とかの営業になった」

「え。すげえじゃん。『ワン●ース』の作者とか、会ったことある？」

「ねえよ。他社だし」

ビールを飲みながら、適当な会話をする。

明るく話してはいるが……サッカーの話はしない。

いつからだろうか。

小学生ぐらいのときは頼んでもないのに延々とアドバイスしてきた兄が、いつからか俺にサッカーの話はしなくなった。

ある種の気遣いなのはわかっている。

俺が傷つく、と思っているのだろう。なにも悪いことをしていない兄に、そんな風に気を遣わせてしまうことが申し訳なくなってくる。

「春彦。お前、いつまでいるんだ」

「明日まではいるよ」

「ああ、ならよかった。明日、親と一緒にお前にも紹介したかったから。本当は今日連れてきたかったんだけど、向こうの都合が合わなくてな」

「……うん？」

「俺、結婚するんだ」

兄貴はサラッと言った。

「へえー、そっか。おめでとう」

それなりの態度で応じる。まあ驚きはしない。年齢的にも全然おかしくないし、兄貴と結婚したい女なんていくらでもいるだろう。

「相手は？　どっかの女子アナ？　あるいは外国人モデル？」

「あはは。ちげーよ。たぶん、お前も知ってる相手。今、この辺のクリニックで医療事務やってる、青山《あおやま》って人なんだけど……ほら、俺、高校のとき付き合ってた女子いただろ？」

「……え？　あ、あー、あの人？」

青山さんなら知ってる。

兄貴が高校のときに付き合ってた相手だ。

「でも兄貴、青山さんにはフラれたんじゃなかったっけ？　サッカーばっかりで全然構ってくれないからって」

「そうそう。こっぴどくフラれた。でもずっと忘れられなくてさ……」

照れ臭そうに言う。

「一昨年ぐらいに、この辺りでばったり再会したんだよ。そしたら俺の方がこう、ガーッとなっちゃってよ。焼けぼっくいがなんちゃらってやつ？　一生懸命誘って、なんとか付き合ってもらえた。最初は全然オッケーもらえなかったけどな。高校のときの印象が悪すぎたみたいで」

「……意外だな」

日本を代表するサッカー選手。

そんな兄貴の結婚相手は——地元の元カノだった。

「兄貴なら、いくらでも他に相手いただろ。昔の女にこだわらなくても」

「あはは、なに言ってんだよ」

ビールを呷《あお》りながら、兄貴は笑って言う。

「そういうんじゃねえだろ、人を好きになるのって」

酔いが回った赤ら顔から吐き出された台詞《せりふ》は、本当に自然に出てきたような言葉で——だからこそ、妙に芯を食った言葉に聞こえた。

そういうんじゃない。

人を好きになるということは。

「……かっけーな、兄貴は」

俺は言った。心からの言葉だった。

思い返してみると——兄貴を素直に褒めたのなんて、小学生以来かもしれない。サッカー選手としてどれだけ偉業を成し遂げても、嫉妬や劣等感から、素直に賞賛することができなかった。

でも今、不思議なぐらいすんなりと、兄を褒めることができた。

「なんだよ、急に。褒めてもなんもねえぞ」

「……俺さ」

ビールをグイッと飲んでから、俺は言う。

「ぶっちゃけ苦手だったよ、兄貴のこと」

「…………」

「できることなら、あんまり顔合わせたくなかった。気づいてただろ？　俺が兄貴のこと避けてたの」

「……まあな」

静かに頷く兄貴。俺は続ける。

「天才の兄貴と、凡人の弟……その関係がずっとコンプレックスだった。嫉妬して、劣等感抱いて、一緒にいるだけでイライラした。耐えられなかった」

一度も言ったことがない言葉を、兄貴に向かって吐き出す。

絶対に見せないように隠してきた、心の醜い内側を。

「しかもさ、兄貴っていい奴《やつ》だろ？　弟の俺にはずっと優しかったし、才能自慢してくるようなこともなかったし……。だから余計に……苦手意識が強くなった。一緒にいると息苦しかった。いっそクソムカつく兄貴だったらよかったと思ってるよ。そしたら素直に嫌いになって、兄貴への憎しみを糧に強く生きられたかもしれない」

「……ふはっ。いい奴で文句言われても困るな」

「怪我でサッカーやめて、普通に就職して……それでも変わらなかったよ。周りは兄貴の話ばっかだし、営業の仕事してても兄貴の話をすれば盛り上がって仕事が上手《うま》くいったりするし……兄貴へのコンプレックスは、サッカーから離れても全然消えなかった」

でも、と俺は言う。

「最近——それどころじゃなかったんだよ」

——これから私と——子作りだけしてくれないかしら？

——えと、そ、そうなの。見るの好きなのよね、トカゲとか、蛇とか。

——バツイチなんだ。

——え？　実沢くんのお兄さんって、サッカー選手なの？

数ヶ月間の、数々の思い出が蘇《よみがえ》る。

最初、俺が選ばれた理由が『実沢春一郎の弟だから』だと勘違いしたときは、どうしようもない絶望感に苛《さいな》まれたけれど——それが間違いだとわかってからは。

俺が、彼女を好きになってからは。

兄貴どころの話じゃなかった。

彼女のことだけで、頭も心もいっぱいになった。

「いろいろと大変なことに巻き込まれて、振り回されて、夢中になって……兄貴がどうとかサッカーがどうとか、思い出してる暇もなかった」

考えなかった。

全く考えてなかった。

桃生さんを好きになってから、兄貴へのコンプレックスなんて思い出している余裕がなかった。彼女のことだけで心がいっぱいになっていた。

我ながら……単純すぎて笑いそうになってしまう。

一生拭い去れないと思っていたサッカーでの挫折が、兄貴へのコンプレックスが——ちょっと恋に落ちたぐらいで、全部どうでもよくなってしまうなんて。

単純で、でもそれだけのことだった。

俺にとっての桃生結子《ゆいこ》は、それだけの人だった。

「…………」

改めて兄貴を見る。

ずっと避けてきた偉大な兄。

今日、兄貴がいるとわかっていて実家に帰ってきたのは、確かめたかったからだった。

今の俺が、本当に兄貴へのコンプレックスを克服できたのか。

面と向かってしゃべっても、劣等感に苛まれずにいられるか。

その結果は……もはや言うまでもない。

追いかけても追いかけても届かなくて、真正面から向き合えずに目を逸《そ》らし続けてきた兄を――今の俺は、正面から見返すことができる。

「兄貴。実は俺、最近フラれたんだよ」

ビール片手に俺は言う。

酔った勢いで失恋話をしてみる。

どこにでもいる、仲のよい兄弟みたいに。

「へえ……ああ、なるほど。『それどころじゃなかった』って、惚《ほ》れた腫れたで忙しかったってことか？」

「まあ、そんなとこ」

「はぁー……そっか。なんか初めて聞くな、お前のそういう話」

「人生初失恋だからな。要領よく恋愛もやってた兄貴と違って、俺はサッカーしかやってこなかったし」

愚痴っぽく嫌みっぽく言いつつ、さらに続ける。

「思い切りフラれたから、諦めなきゃいけないと思ってた。綺麗《きれい》に忘れてなんにもなかったように振る舞うのが、相手のためだと思ってた。でも……兄貴の結婚話を聞いて、ちょっと考えが変わったよ」

「………」

「もうちょい粘ってみてもいいのかなって」

「俺を参考にされても責任取れねえぞ？」

そう言うと、兄貴は困ったように笑った。

「ま、いいんじゃねえの？　未練があるなら粘ってみても。お前、サッカーもそういう粘り強いディフェンスが売りだったからな」

「才能ないから泥臭くやるしかなかっただけだよ。本当は兄貴みたいな、センス溢《あふ》れるフォワードになりたかった」

「お前はお前だろ。嫌みに聞こえるかもしれないけど……俺は好きだったぜ、お前のサッカー」

不思議と——嫌みに聞こえなかった。

学生時代の俺だったら、今の一言で途方もない劣等感を覚えていたことだろう。兄貴からなにを言われても、上から目線の同情にしか思えなかった。

でも今の俺は、素直に兄貴の言葉を受け止めることができる。

自分の受け取り方が変わるだけで、こんなにも世界は変わるのかと感心する。

これが——大人になった、ということなのだろうか。

ならばやっぱり、諦めきれない。

彼女はいろんな意味で、俺を大人にしてくれた。

そんな相手を——簡単に忘れることなんてできない。

第七章　桃生課長と鹿又美玖

ゴールデンウィーク、二日目の夜。

繁華街にある居酒屋は、それなりの混み具合だった。

予約していた旨を伝え、奥にある個室に案内されて入ると――中にはすでに待っている女性がいた。

昨日、私を飲みに誘ってきた相手だ。

「えーと、じゃあまあ、とりあえず乾杯ってことで」

対面に座った彼女は――鹿又美玖《かのまたみく》さんは、そう言って檸檬《れもん》サワーの入ったグラスを掲げた。

私もハイボールが入ったグラスを同じように掲げる。

ノンアルコールではなく、普通のハイボール。

ペアリングの関係は終わったから、もう禁酒する必要もない。

「まさか……あなたから飲みに誘われるとは思わなかったわ」

鹿又さんとは同じ営業部だけど、直接の部下ではないからそこまで親しい仲ではない。

二人きりで会話するのは、これが初めてかもしれない。

「あはは。私もまさか、自分がこんなことしちゃうなんて思いませんでした。桃生《ものう》課長はあんまり、部下とは飲みに行かないタイプですか？」

「そういう時代でもないしね」

先輩の誘いも断ってきたタイプ。

自分から部下を誘ったのは――一度だけ。

頼んでいたつまみが、いくつか届く。唐揚げやフライドポテトなど。鹿又さんはそれらを肴《さかな》に少し酒を飲んだ後で、

「まどろっこしいの嫌なんで、単刀直入に聞きますけど」

と切り出した。

「実沢《さねざわ》くんとなにかありました？」

「……なにかって？」

一瞬、言葉に詰まりそうになったけど、どうにか平静を装って答えた。

「いやー、だって……最近、なんかおかしいじゃないですか。急によそよそしくなったっ

ていうか、他人行儀になったっていうか」

「異動があったんだから当然でしょう。もう課が違うんだから、用事もないのに話したりしないわ」

「そうなんですけど……なんか前とは違うんですよね。たぶん、私ぐらいしか気づいてない違和感だと思うんですけど……」

それから、迷うような躊躇《ためら》うような間があってから、

「実は私……去年、実沢くんにフラれまして」

と鹿又さんは少し恥ずかしそうに続けた。

「そう、だったんだ」

驚いた。

まさか、そんなことがあったなんて。

以前実沢くんと二人で歩いているところを見かけて、もしかしたら親しい関係なのかもと邪推したりもしたけど——思ったより、込み入った関係だったようだ。

「『俺、好きな人がいるんだ』『今は、その人のことしか考えられない』と言われました」

……驚いた。

……まさか、そんなフリ方してたなんて。

いくらなんでも直球すぎるでしょ！

もっと曖昧にフワッと濁したらいいのに！

「まあフラれた事実はしょうがないことなんで、今更どうこうってわけじゃないんですけど……ただ、その相手だけはちょっと気になってて」

「…………」

「実沢くんが好きだった人……私は、桃生課長じゃないかと予想してたんですけど、ぶっちゃけどうでしょうか？」

「……なにを言ってるのよ。なんで私みたいな――」

「できれば」

鼻で笑うように言った私の言葉を遮るように、鹿又さんは声を上げた。

「できれば……腹を割って話してほしいです」

「…………」

「正直……桃生課長も、わかってて来たんじゃないですか？　私から、こういう話されるって。そうじゃなきゃ……私と飲みになんて来ないですよね。なら本音でいきましょうよ。私だって、恥ずかしい失恋のこと話したんだから」

言葉に詰まってしまう。

複雑な気持ちが胸に去来する。

戸惑い……そして、苛立《いらだ》ち。

久しぶりに摂取したアルコールのせいだろうか。体が熱くなり、同時に感情も加熱して燃え上がっていく。

どうして。

どうしてここまで言われなければならないのか。

どうしてここまで——踏み込まれなければならないのか。

部外者でしかない、この女に……！

ていうか……自分から勝手にしゃべっておいて『私が話したから、そっちも話せ』って、なんだそれは……！

「……わかったわ。そんなに聞きたいなら、本音で話してあげる」

私は言った。

ハイボールをグイッと呷《あお》ってから。

「実沢くんが好きだった相手は——私よ」

「…………」

「時系列で考えても、あなたがフラれた原因は私でしょうね。私に惚れてたから、あなたのことはフったんだと思う」

「……は、はっきり言いますね」

「あなたが求めたんでしょ」

私は言う。もう止まらない。止められない。

胸に芽生えた苛立ちは、自暴自棄に近い感情へと変わりつつあった。

「彼が私のことを好きなのはわかってた。去年の冬……改めて言葉にして告白されたから、そこできっぱり彼をフったの。私達の様子がおかしかったのだとしたら、きっとそれが原因ね」

「あー、そうだったんですね……。やっぱり実沢くん、フラれてたんだ」

「まあ——セックスはしたけど」

「セッ……!?」

私が言うと、鹿又さんは目を丸くした。

実沢くんの失恋はある程度予想してたみたいだけど、私達の肉体関係までは予想できてなかったらしい。

「セッ、セッ……し、したんですか？」

「した。してた。いっぱいしてた」

「いっぱい……⁉」

「十回はしたかな。二十回は、いったようないってないような」

どこか投げやりな気持ちのまま、私は続ける。

「要するに……セフレみたいな関係だったのよ。ある日、仕事帰りに私から飲みに誘って、流れでホテルに行って、その後も定期的に関係を持つ……そういう爛《ただ》れた関係だったの」

妊娠関係の話だけは伏せて、真実に近いことを話す。

自分でもなんでこんな込み入った話をしているのかわからない。

どうしてか、話してみたかった。

ぶちまけてみたかった。

私がどれだけ――醜いことをやっていたか。

私がどれだけ――彼の心を踏みにじったか。

「実沢くん……私とするまで、女性との経験がなかったみたいでね。だからなんていうか……すごく、私との行為に夢中になってた。私しか女を知らないせいで、変にのめり込んじゃったんだと思う」

のめり込んでいた。

私のことを美化して、神格化して、もてはやしてくれていた。

「たぶん、なにか勘違いしちゃったのよね。性欲と恋心をごっちゃにしちゃってたんじゃないかしら。そうじゃなきゃ……十近く年上のおばさんのこと、本気で好きになるはずもないから」

そう。

きっと、そうだ。

簡単に抱ける女だったから、手放したくなかっただけ。

「本人は本気だったのかもしれないけど……そんなもの、大抵は一過性の感情なのよ。その瞬間は燃え上がっても……時間が経《た》てば気持ちが冷めてくし、違う相手に気が向くようにもなる。愛や恋が永遠に続くなら——誰も離婚なんてしないんだから」

しばらく時間を置けば、どうせ私のことなんてすぐ忘れる。

人間の感情なんて、長くは持続しないものだから。

離婚経験がある私は、そのことを重々知っている。

「これでよかったのよ。彼のためにも、別れるなら早い方がよかったんだから」

「…………」

「まとめると……割り切った関係だったはずなのに、ある日、彼が真面目に告白なんかしてきたから、じゃあ終わりにしようってなっただけ。それだけの関係よ。どう？　幻滅した？」

幻滅したらいい。

軽蔑したらいい。

こんな最低の女は、侮蔑されて当然なんだから。

「えっと……なんて言ったらいいのか」

鹿又はさんは困ったように口を開く。当然だ。こんな最低で醜い話を聞かされたら、困惑して当然——と思っていたのだが。

次に出てきた言葉は、予想外のものだった。

「それで——本音の話は？」

「え？」

「いやその……『本音で話してあげる』と言った割りに、全然本音の話が出てこないなあ、と思って」

「……なに言ってるの？　私はちゃんと」

「だって全部——相手はこう思ってそう、って話じゃないですか」

鹿又さんは言った。

「『実沢くんはこう思ってるはず』『実沢くんの感情はこういうメカニズムだったはず』っ

ていう予想と決めつけ……あるいは願望なのかな。そればっかりで……全然、本音が見えてこない」

「…………」

言われて——初めて気づいた。

本音を語ったつもりでいたのに……口から出たのは、相手の感情を知った気になった推測ばかり。

自分では本音を語ったつもりだったのに、結局のところ本音は全く語っていなかった。

あれ？　どうして？　じゃあ、私の本音は、どこに——

「私は桃生課長の本音が聞きたいんですよ」

鹿又さんが言う。

「実沢くんのこと、どう思ってるんですか？」

どう思ってる？

私が彼を、本当のところどう思ってるかなんて。

そんなの、そんなの——

「…………」

「あっ。やっぱもういいです。わかったんで」

私がなにも言えずにいると、鹿又さんは苦笑した。

ヤバい。ちょっと待って。なにこれ恥ずかしい。

顔から火が出そう。

「さっき『幻滅した？』って訊《き》いてきたじゃないですか。まあ正直、めっちゃ幻滅してますよ」

鹿又さんは言う。

気持ちのいい笑顔で、辛辣なことを。

「私、桃生課長のこと、理想の上司だと思って尊敬してる部分があったんで。バリバリ仕事して、上のおっさんどもにもガンガン言いたいこと言って。すごく格好《かっこ》いいなって思ってました。でもまさか……色恋沙汰になると、こんなにダッサいムーブ始めるなんて」

「……っ」

「めっちゃ幻滅ですねー。でも——めっちゃ好きになりました」

静かに微笑《ほほえ》みながら言って、鹿又さんはグラスを掲げた。

「よーし、今日はとことん飲みましょう！」

「……私、そこまで得意じゃないんだけど」

「大丈夫です！　私、一人で盛り上がれるタイプなんで」

「それ、あなたが楽しいだけじゃ……」

ツッコみたい気持ちにもなったが、勢いに気圧《けお》されてグラスを掲げる。

乾杯の軽やかな音が響くと、少し心が軽くなった気がした。

「……それで桃生課長」

気持ちのいい笑顔から一転、真面目な顔で問うてくる。

しかしその瞳には、下世話な色があった。

「セフレになって何回もしてたってことは……実沢くん、結構あっちの方、すごいんですか？」

「…………内緒っ」


居酒屋を出たのは、夜の九時頃。

鹿又さんは次の店に行きたそうだったけれど……かなりできあがっていたので無理やりタクシーに押し込んで帰らせた。

……本当に一人で飲んで一人で盛り上がってたなあ。

今時の若い子はすごい……いや、年齢じゃなくて人間性の問題かしら。

別に――嫌だったわけじゃない。

なんだか久しぶりに、誰かと会話をしたような気がした。

ペアリングが終わってから、ずっと上辺の会話しかしてこなかった気がするから。実沢くんとも、それ以外の人とも、まともに会話しなかった。誰と話すときも、分厚い仮面を被っていたような感覚がある。

腹の内を全て見せ合ったわけではないけれど、中身と意味を伴う言葉を吐き出し、感情のやり取りをした気がする。

「…………」

私もまた、タクシーで帰宅する。

窓の外を過ぎ去っていく夜の灯《あか》りをぼんやりと眺めていると――別れ際に店の外でした会話が、なんとなく思い出された。

『ごちそうさまでしたー、すみません、呼び出したのに奢《おご》ってもらっちゃって』

『ねえねえ、もう一軒いきません？　え？　いやいや酔ってないですよ。全然酔ってない。私、こっからが本番ですからっ』

そんな彼女を説得し、タクシーを待っていると、

『……桃生課長』

彼女は赤い顔のまま、少し静かなトーンで語り出した。

『今日、こうやって誘ったことで……もしかしたら、私が彼に未練あるって思われたかもしれないけど——実は全然、すっきりしてるんですよ』

『今は同じ課で働く同僚として、楽しくやってます』

『それってたぶん、本音で向き合ってもらえたから、なんですよね』

『格好つけず、曖昧に濁さず、青臭いぐらいの本音でフってもらえた。だから結構、すっきりしてます。乗り越えて次行こう、って思えてる』

『……ああっ、別に、説教したいんじゃないですよ？』

『二人の事情にとやかく口出ししたいわけじゃないですし、付き合う付き合わないは桃生課長の勝手ですから』

『ただ——フるならフるで、本音でフってあげてほしいって思うだけです』

『「あなたのためを思って」みたいな態度でフラれちゃ、きっといつまでも前を向けないから』

情けないなあ、と思う。

十近く年下の部下に言いたい放題言われて、なにも言い返せなかった。

どうやら私という人間は、自分で思ってたよりもずっと恋愛が下手だったのかもしれない。それなりに人生経験はある方だと思うのに、愛だの恋だのについてなんにもわかっていない。

フり方の作法なんて、なんにも知らない。

逆に、付き合い方の作法なんて、もっと――

「……え？」

タクシーから降りて、すぐに気づいた。

自宅マンションの前。

エントランスにある柱のそばに――立っている男がいた。

私に気づくと、彼は軽く会釈をする。

「実沢くん……!?」

驚き、戸惑う。でも目が合ってしまった以上、ここで足を止めるわけにもいかない。ゆっくりと近づいていく。

「えっと……こんばんは」

「どうしたの、こんなところで……？　もしかして……私のこと待ってた？」

「……そうですね」

「ごめん、今日は……えっと、知り合いと飲んでて」

「いえ、全然。俺が勝手に待ってただけなんで。これ、渡そうと思って」

　実沢くんは手に持ってた紙袋を掲げた。

「地元のお土産です。俺、昨日今日って実家に帰ってて、今戻ってきたところなんですけど……家に帰る前に、桃生さんに渡せたらいいかな、と」

　受け取った紙袋を覗《のぞ》くと、中に入っていたのは千葉の有名なお土産だった。そういえば実沢くん、実家は千葉の端って言ってたっけ。

「これを、私に？」

「はい」

「ど、どうして？」

「どうしてと言われると、大変難しいんですけど……」

「……え？　え？　わざわざ、お土産渡すために来たの？　そのためだけにここで待ってたの？」

「…………はい」

　疑問を連発してしまうと、実沢くんはどんどん困った顔になった。

「……いや、すみません。迷惑でしたよね、急に来て。ほ、本当に深い意味はなくて、ただお土産を渡したかったというか……お土産でもないと会いに来られなかったというか

「……ああっ、いやいやっ、それじゃお土産を口実に会いに来たみたいなんですけど……そういうわけでは……」

必死に言い訳めいたことを口にするけど、どんどん声は小さくなっていく。

やがて恥ずかしそうに、

「……ごめんなさい、帰ります。本当、深い意味はないので」

と言って去ろうとした。

「待って！」

私は反射的に呼び止めてしまう。

どうしてかは自分でもわからない。

唐突な来訪に困ってるのか、喜んでいるのか。

自分で自分の感情がわからない。

アルコールが残ってるせいか、全然思考もまとまらない。

ただ、考えも感情もまとまりきってないうちに、口が勝手に言葉を紡ぐ。

「せっかく来たんだから……あがってく？」

まさか――家にあげてもらえるとは思わなかった。

お土産だけ渡して帰るつもりだった。

そのくらいの交流が、ギリギリ許される範囲だと思った。

……まあ、アポなしで来る時点でだいぶ失礼であることは自覚してるけど、万が一拒否されたらと思うと怖くて連絡できなかった。だから頑張って『地元から帰ってきたついでに寄った』感を出そうとしたんだけど……果たして、どこまで通じたものか。

「……ごめんね、今コーヒー切らしちゃってて。牛乳でもいい？」

「ああ、はい。全然、お構いなく……」

キッチンで作業する桃生さんを、リビングの椅子に座って待つ。

この部屋に来るのも、ずいぶんと久しぶりだ。

もう二度と入ることはないと思っていた。

数ヶ月前までは頻繁に出入りしており、もはや『勝手知ったる他人の家』状態だったけど、今はもう一緒にキッチンに立ったりしたらまずいだろう。

来客としての節度を守らなければならない。

やがて牛乳が入ったカップと、俺が買ってきた千葉の銘菓がテーブルに並べられる。

桃生さんも座り、テーブルを挟んで彼女と向かい合う。

数秒、探り合うような沈黙があってから、

「実家、どうだったの？」

と桃生さんが雑談のように切り出した。

「実家は……そうですね。久しぶりに兄貴に会いました」

「お兄さん……確か、サッカー選手の」

「なんか結婚するから、報告に来たみたいで」

「そうなんだ。おめでたいわね」

「あっ、でもこれ、絶対に内緒にしておいてくださいね。メディアで正式な発表があるまでは、誰にも言うなって言われてて」

「……だったら、私にも言わない方がよかったんじゃないかしら？」

「そ、そうですね……あはは」

雑談が途切れ、また沈黙が訪れる。

話したいことはたくさんあるのに、伝えたい気持ちはたくさんあるのに、なにをどうしたらいいかわからない。

会話の糸口を探して部屋を見渡すと――見慣れた部屋に、見知らぬものを発見した。

「桃生さん、あれ、もしかして……レオパですか？」

部屋の隅に置かれた透明なケージ。

その中には、鮮やかな黄色の体に黒い斑点をつけたトカゲがいる。間違いない。爬虫《はちゅう》類《るい》ペットの王道、レオパードゲッコーだ。

「飼い始めたんですね」

「うん、最近ね。友達にお願いして、一匹譲ってもらったの」

「近くで見ても大丈夫ですか？」

「どうぞ」

席を立ち、ケージを見に行く。

「すごい、これがレオパ……。思ってたよりデカくて迫力ある……」

「私もびっくりした。いざ飼ってみると意外と大きいのよね」

「そういえば……エサの問題はどうなったんですか？　活《い》き餌《え》がネックで飼えないって言ってませんでしたっけ？」

「……今のところ、できる限り人工のエサで頑張るつもり。どうしてもってときが来たら、覚悟を決めて餌用コオロギを飼いに行くわ」

「なるほど……。でも、本当にかわいいですね」

「うん、すごくかわいいわ。ふてぶてしい感じがいい」

「尻尾もプリプリしてますよ」

「そうっ、この尻尾がいいのよっ。もっちりむっちりでっぷりしてるところが、たまらないわ」

レオパのおかげで会話が盛り上がり、気まずい空気が徐々に解消されつつあった。桃生さんの方もそんな風に感じていたのだろう——だから彼女はここで、致命的なミスを犯してしまう。

「エサを食べるとこも、すごくかわいいのよ！　私がピンセットであげると、ちょっとペロペロしてから、パクッといって……。そうそうっ、動画も撮ってあるから、見てみる？　昨日のハルヒコは、すっごく食いつきがよくて——」

「……ハルヒコ？」

「あ」

俺が思わず指摘してしまうと、桃生さんはピタッと硬直した。

ペット語りに興奮していた表情が、一瞬で凍りついてしまう。

「あの、ハルヒコっていうのは……？」

「……」

「もしかして……このレオパの名前ですかね？」

「……」

「へ、へえ……ハルヒコ、か……。あはは……」

「……」

凍りついた顔が徐々に真っ赤に染まっていく。

なにか言いたそうに唇を震わせるが、なにも言葉が出てこない。

途方もない羞恥に、必死に耐えている形相だった。

「ま、まあ。まあまあまあ。よくある名前ですよね……。そんなに珍しい名前でもないですし……。全然ある偶然っていうか」

無言の桃生さんに代わり頑張ってフォローしてみるけれど、俺の方だってまともな精神状態ではいられなかった。言いようのない感情がこみ上げてきて、鼓動が信じられないぐらい加速していく。

ハルヒコ。

春彦《はるひこ》。

言うまでもなく──俺の下の名前である。

これは……どういうことなんだろうか。

去年俺達の関係が終わって、桃生さんはその後ペットを飼い出した──その名前が、俺の下の名前って。

俺の名前をつけたペットを、現在進行形でかわいがっているなんて。

なんだ、その行動は。

なんだ、そのムーブは。

それじゃまるで、まるで──

「……実沢くん」

ずっと沈黙していた桃生さんが、全てを諦めたように口を開く。

「今年異動になったとは言え、同じ営業部だし、あなたはまだ私の部下と言えるわよね？」

「は、はい……」

「なら、上司としての命令なんだけど……ここ数日の記憶をなくすぐらい、頭部を殴打してもいいかしら？」

「それもう、パワハラ通り越して傷害事件ですよ……」

「……だったら忘れて。お願いだから全部忘れて。後生だから、全部なかったことにして

「……！」

桃生さんは顔を両手で隠したまま、その場に膝をついてしまう。

恥辱が限界を超越した様子だった。

今にも窓から飛び降りそうな落ち込み具合である。

「し、しっかりしてくださいよ……。大丈夫ですから。俺、ちゃんと全部忘れて、なかったことに――」

絶望っぷりが見ていられなかったので、俺は慌てて慰めようとするが――言葉の途中で、自分で違和感を覚えてしまう。

「なかった、ことに……」

「……実沢くん？」

不思議そうに顔を上げた桃生さんに、

「――やっぱり嫌です」

と俺は言った。

「忘れません。忘れられません。こんなインパクトのあること、忘れるなんて到底無理ですよ」

「え？　え？」

「桃生さんが俺との関係を解消した後に飼い始めたペットに、俺の名前つけてかわいがってたことなんて……絶対忘れません」

「……っ」

「なにやってんですか。なんでそんな意味不明なことしてるんですか！　俺はどう解釈すればいいいんですか？　わけわかんないですよ……！」

止まらない。

一度吐き出した激情は、堰《せき》を切ったように溢《あふ》れ出《だ》す。

「他のことだって、忘れるなんて無理です。なにもかも……インパクトがありすぎる」

「実沢くん……」

「だって俺——初体験で、初セックスで、中出ししたんですよ!?」

「——っ!?　ちょ、ちょっと、実沢くん……」

「最初からいきなり生で、その後もずっと……ていうか俺、冷静に考えたら一回もコンドームつけてしたことないですよ！　全部生！　全部中出し！　なんでこんな、とんでもない男になってんですか、俺!?　全部桃生さんのせいですよ！　桃生さんが大人の色香で俺の純情を弄んだせいです！」

「こ、声が大きい！　お、落ち着いて」

「セックスだけじゃない。桃生さん、他も結構メチャクチャですよ。すごいのは仕事だけで、プライベートはかなりポンコツで……」

「んなっ……」

「ゴールド免許のくせにまともに運転できないし、クレーンゲーム下手だし、料理全然しないくせに『やればできる』感をすごく出してくるし、ジム通ってるアピールする割にさっぱり通ってなくて運動不足だし……」

「う、運動不足は今関係ないでしょ！　ジムだって……えと、あの……月一、いや三ヶ月に一回ぐらいは顔出したり出さなかったりで……」

「隠してるつもりかもしれないですけど……セックスした後、たまに腰をさすってるの、俺、気づいてますからね。ちょっと無理な体位をすると、筋肉痛が二、三日続いてるのも。運動不足な人の典型的な特徴、出まくってます」

「〜〜〜〜っ！」

「もう、なんなんですか……？　わけわかんないですよ……」

　俺は言う。

「会社じゃ『女帝』とか呼ばれて恐れられてて、バリバリのキャリアウーマンみたいに振る舞ってるけど……でも、本当の桃生さんは、全然そんな怖い人じゃなかった。全然完璧な人じゃなかった。意外と抜けたとこ多くて……それを人に見せないよう格好《かっこ》つけてるけど、あんまり隠しきれてなくて……。前は上司として尊敬してましたけど……ペアリングの関係が始まって、知らなかった桃生さんの一面をどんどん知るようになって、格好いいところだけじゃなくて、かわいいところをたくさん知って——」

俺は言う。

今にも零れそうな涙を、必死に抑えながら。

「——どんどん、好きになった」

「……っ」

「忘れるなんて、無理です……。なかったことになんてできないし、なかったことにしたくない。だって俺……桃生さんと一緒にいるとき、本当に楽しくて幸せだったから。それを……全部、なかったことにするなんて……」

「実沢くん……」

俺の言葉は途切れてしまう。

拳をずっと強く握りしめていたことに気づいて、少しだけ力を抜いた。

「ごめんなさい。勝手なことばっか言って……」

「……ううん」

桃生さんは小さく首を振った。

「ありがとう、本音を言ってくれて」

「…………」

驚いた。我ながらかなり感情的になってしまったと思う。失礼なことを言いまくってしまった。それなのにまさか、お礼を言われるなんて。

「そうね……なかったことにするなんて、無理よね」

独り言のように言った後に、桃生さんは俺を見る。

「実沢くん、明後日、一日、時間もらえるかしら？」

まっすぐ――見つめてくる。

「私も、本音で向き合おうと思うから」

第八章　桃生結子と実沢春彦

電車とバスを乗り継いで辿《たど》り着いたのは、東京の郊外にある住宅街だった。

少し古びた町並みの合間に、木々や山々の緑が差し込む。

田舎と都会の両方を併せ持つような場所だった。

「一応、この辺りが私の地元ってことになるのかしら」

バスを降りた後、道路沿いの道を歩きながら、桃生《ものう》さんが言う。

俺は彼女の後に続く。

「と言っても、あんまり愛着もないんだけどね。地元愛とかあるタイプでもないし……数年前に実家も処分しちゃったから」

どこか寂しげに言いながら、歩いていく。

バス停から五分ほどで、目的の場所へと到着した。

白い、長方形みたいな建物だった。

最近建てられたのか、外壁や周囲のフェンスなどは新しく、古びた町並みの中では少し浮いている。

病院やクリニックのような印象を受けるが――ここは、いわゆるグループホーム。

認知症の方が共同生活を送るための、介護施設であるらしい。

自動ドアをくぐって施設に入ると、まず手の消毒をした。

受付で手続きを済ませ、スリッパに履き替える。

するとスタッフの女性がやってきた。

「桃生さん、お久しぶりです」

「お世話になっております」

「どうぞどうぞ。木綿子《ゆうこ》さん、今日は体調がよさそうなんですよ」

スタッフの方に促され、俺達は二階にある面会室へと通された。

長テーブルと椅子だけがある、簡素な部屋。

しばらく待っていると――

ガラ、とドアが開いた。

先ほどのスタッフが、車椅子を押して入ってきた。

車椅子に座っているのは――小さな老人だった。

髪は真っ白で、顔には深い皺《しわ》が刻まれてる。着替えがしやすいようになのか、ダボッとした服に身を包んでいた。目は虚《うつ》ろで、どこかをぼんやりと見つめているように見える。

年は八十代……いや、もしかしたら九十を越えているのかもしれない。

三十代の桃生さんの母親というには、あまりに高齢な女性――

スタッフの方がいなくなると、桃生さんは車椅子に近づいた。

その場にしゃがみ込み、老人と目の高さを合わせる。

「お母さん。久しぶり。結子《ゆいこ》よ」

ハキハキと。

一音一音しっかりと発音するように、桃生さんは言った。

すると、ぼんやりどこかを見つめていた女性が、首を動かして桃生さんに目を合わせる。

「……ああ、結子……結子か。久しぶりだね」

女性はそう言うと、くしゃりと嬉《うれ》しそうに微笑《ほほえ》んだ。

「元気にしてたかい？」

「ええ。元気よ。お母さんはどうだった？」

「うん、大丈夫だよ。結子、会社はちゃんと行ってるの？」

「ちゃんと行ってる」

「そうかぁ。ちゃんと働いてるんだね」

嚙《か》み合ってるような嚙み合ってないような、不思議な会話だった。

彼女が――桃生木綿子。

桃生さんの母親であり――そして、祖母でもある女性。

思い出す。

ここまで来る途中、バスの中で受けた説明を思い出す。


「……なにから話したらいいかしら」

俺達以外は誰も乗ってない、バスの車内。

窓の外の景色を眺めながら桃生さんは口を開いた。

「私の母親……実は、血縁上は祖母に当たる女性でね」

「祖母……？」

「本当の母親は――私を産んですぐ亡くなったみたい」

他人事のように言う。

いや、ある意味では他人事なのか。

彼女がまだ、赤ん坊の頃の話なのだから。

「母が子供を遺《のこ》して死ぬと、相手の男はすぐに私を置いて逃げたらしいわ。だから祖母が、私を引き取って育てることになった。祖父も早く亡くなってたから……祖母はたった一人で、私を育てた。私の母親に……なってくれた」

桃生さんの母親は――祖母に当たる女性だった。

たった二人だけの家族。

「大変だったと思うわ……。私が生まれたとき、すでに祖母は六十近かったから。その年代の女性が、赤ん坊をたった一人で育てるなんて。体力がある二十代の母親だってノイローゼになったりするのに……誰にも頼らず、たった一人で……。でもお母さんは、文句一つ言わずに私を育ててくれた。ちゃんと、私のお母さんをやってくれた」

「…………」

「小学校の授業参観とかにもよく来てくれたんだけど……やっぱり、他のお母さん達とは世代が違うじゃない？　だから同級生から、からかわれたりもして……。それでお母さんは家に帰った後、『こんなお婆《ばあ》ちゃんでごめんね』って、申し訳なさそうに謝るんだけど……全然、そんなこと気にならなかった。謝らないでほしかった。私にとっては……大好きなお母さんだったから」

声には、表現しようのない感情が籠もっていた。

様々な記憶や思い出があるのだろう。

祖母と孫として、母と娘として。

二人きりの家族が、共に生きてきた歴史が――

「まあ、年代的なこともあってか……結婚観だけはどうしても古かったんだけどね。『結婚して子供を育てるのが女の幸せ』というのは譲れないみたいで、私の結婚相手も一生懸命探してくれた」

以前聞かされた話だった。

桃生さんの結婚には、母親がかなり精力的に動いていたらしい。

「あと……子供だけは早く産めっていつも言ってた。たぶん……自分の娘を出産が原因で亡くしてるせいね。母はそこそこ高齢出産だったみたいだから」

「………」

「まあ、人づてに聞いた話じゃ、母が出産で命を落としたのは、年齢はあんまり関係なかったみたいなんだけどね。でもお母さんは、そうは思えなかったみたい。だから過剰なぐらい、私に結婚や出産を急《せ》かすようになった」

当然と言えば、当然のことなんだろう。

実の娘を亡くしたとなれば——必要以上に神経質になっても、なにもおかしくはない。孫まで同じ悲劇に遭わせたくないと考えるのは、肉親として当然だと思う。

「……今になって思うと、自分の年齢のことも気がかりだったのかもしれないわね。自分が死ぬ前に、娘をちゃんと嫁に出したい。そんなことを考えてたのかもしれないわ」

そして母親の協力もあり——桃生さんは結婚した。

「本当に嬉しそうにしてたわ。まるで——自分の役目はもう終わったって感じで。私も嬉しかった。最高の親孝行ができたと思った」

しかし。

結婚生活は——長くは続かなかった。

性格や価値観の不一致から、桃生さんは離婚を決断した。

「以前も言ったように、離婚の後、お母さんは酷《ひど》く落ち込んじゃってね。自分のせいで娘が辛い思いをしたって塞ぎ込んじゃって……。そして……そのすぐ後だったわ。お母さんが——認知症と診断されたのは」

認知症。

それは……年齢を考えれば仕方がないことなんだろう。

でも桃生さんは、仕方がないとは考えていないようだった。

辛く苦しそうな口ぶりは、まるで全てが自分のせいだと感じてるような――

一人暮らしだった木綿子さんは、すぐにグループホームへ入ることが決まったらしい。


「……うん？」

車椅子の木綿子さんが、俺の方を向く。

今、俺の存在に気づいたらしい。

慌てて俺はお辞儀をする。

「あなたは……」

「えっと……」

俺が言《い》い淀《よど》んでいると、木綿子さんが口を開く。

皺だらけの顔を、パアッと輝かせて。

「貴文《たかふみ》さん！」

彼女は言った。

俺の顔を見て、本当に嬉しそうに。

「そうかぁ、貴文さんも来てくれたのかあ。嬉しいなあ」

木綿子さんが車椅子から立ち上がろうとしたため、俺の方から慌てて駆け寄った。桃生さんと同じように、しゃがんで目線を合わせる。

「仕事はどうお？　貴文さんは税務署の偉い人だもんなあ。毎日大変でしょう？」

「……は、はい、そうですね。でも、なんとかやってます……」

どうにか言葉を絞り出すと、木綿子さんは嬉しそうに頷《うなず》いた。

そして桃生さんの方を向く。

「結子、ちゃんと貴文さんのお世話してあげてる？　自分の仕事もいいけど、そればっかりになっちゃダメだからね。夫婦は仲良くしなきゃ」

「わかってるわよ」

「本当に大丈夫かなあ？　お前は昔から気が強かったからねえ。貴文さんと喧嘩《けんか》してないか、私は心配で心配で」

「大丈夫。なにも心配しなくていいわ。全部うまくいってるから」

笑顔で会話する二人。

俺は、どうしたらいいかわからなくなってしまう。

『実沢《さねざわ》くん、これはお願いなんだけど』

バスの中で受けた説明が、また脳裏を過る。

『お母さんと会話するときは、なにを言われても否定しないであげて。適当に頷いてくれたらいい。どうせ……否定しても無駄だから』

悲しげな、それでいて覚悟を決めたような口調だった。

『お母さんね……もうほとんど、知り合いの顔とかも覚えてないのよ。顔を見て誰か認識できるのは、娘の私ぐらい……。そしてどういうわけか、私と一緒にいる男のことは誰でも——元夫と認識するようになっちゃったの。誰を見ても「貴文さん」って言うの』

貴文。

それは——桃生さんの元夫の名前らしい。

『私と一緒にいると、男性は医者でもスタッフでも「貴文さん、貴文さん」って感じでね。私が離婚したこと、覚えてないのよ』

離婚を覚えていない。

つまり——木綿子さんの中ではまだ、桃生さんは結婚しているのだ。

『結婚相手の顔は覚えてないのに、結婚した事実だけはしっかり覚えてる。頭の回路が、いろいろこんがらがってるみたいでね……。医者が言うには「娘の結婚が、よっぽど嬉しかったんだろう」だって』

離婚は忘れ、結婚だけは覚えている。

辛く悲しい事実を忘れ、幸福な記憶だけを残している。

ある意味では――幸せなことなのだろうか。

彼女は今、幸福の中にいるのだろうか。

『最初は頑張って否定してみたんだけどね……でも、無駄だった。私は離婚したって何度説明しても、数分後にはもう忘れてる。認知症って、そういうものらしいわね。無理に否定しても無意味だし、お互いに辛いだけみたい』

それは果たして――どんな気分なんだろう。

桃生さんは、限界を迎えて離婚した。

耐えようとしても耐えられなくて、我慢できなくなって離婚した。

でも、それなのに。

最愛の母の中では、娘が結婚した時点で時が止まっている。

今もなお現在進行形で、結婚を喜んでくれている。

母と娘。

両者の歯車が、永劫《えいごう》に嚙み合わず空転し続けているよう。

あまりに歪《いびつ》で、あまりに虚《むな》しい――

「――そうだ、結子」

俺がなにも言えなくなっていると、木綿子さんが思い出したように言う。

「子供はまだできないのかい？」

「……まだできてないわね」

「そうかぁ。まあ、これぱっかりは授かりもんだからねぇ」

でもね、と木綿子さんは続ける。

穏やかな、それでいて諭すような口調で。

「子供だけは早く産んだ方がいい。遅く産んでいいことなんてなにもないの。由香子《ゆかこ》だって……お前のお母さんだって……もっと早く結婚して、もっと若いうちにお前を産んでたら、きっと死ぬことなんてなかったんだから……」

「…………」

「結子。早く子供産みな。このまま子供産むの遅くなって……お前まで死んじゃったら、私はもう……耐えられないから」

「……わかってる。わかってるから」

静かに頷く桃生さん。

必死に平静を装っているようだけれど、その顔は涙を堪えているようにも見えた。

木綿子さんは俺の方を向く。

「貴文さんも、よろしくお願いします」

「あ……は、はい。頑張ります」

反射的に頷くと、木綿子さんは両手をゆっくり前に差し出した。

痩せ細った皺《しわ》だらけの手で、俺の手を包み込むようにする。

「……貴文さん、ありがとうね」

深く深く頭を下げ、感謝の言葉を述べる。

「ありがとう、ありがとう……結子と結婚してくれて、本当にありがとう」

手を握る力は弱々しかったが、しかし強い感情が伝わってきた。

「六十ぐらいからこの子を育てることになって……結子が結婚するまで元気でいるのは、無理かもしれないって思ってたから……。この子一人を遺して死んではいけないって、ずっと思っててね……」

祈るような、縋《すが》るような。

嗚咽《おえつ》交じりに語られる、深い深い感謝の言葉。

俺に向けられた言葉ではなく——元夫へと向けられた言葉。

記憶の中にいる娘のパートナーへの感謝。

その男はもう、娘の隣にはいないのに。

別々の道を歩んでいるのに。

でもこの人の中では、今も二人は結婚している。

幸せな夫婦生活を送っていると、心から信じている。

どれだけ――どれだけ嬉しかったんだろう。

どれだけ安心したんだろう。

実の娘を早くに亡くし、その忘れ形見である孫を娘として育ててきた一人の女性。老体に鞭打《むちう》って赤ん坊を立派に育て上げた。年齢の問題で娘を一人遺してしまう可能性に、恐怖を抱いていた。

そんな女性にとって、娘の結婚はどれほどの幸福だったのだろう。

人生の全てをやりきったような、決断の全てが報われたような、途方もない幸福だったのかもしれない。

そして。

娘の離婚は、どれほどの衝撃と罪悪感を覚えるものだったのだろう。

「これでやっと安心できる……！　もう思い残すことはなんにもない……。ありがとう貴文さん、これからも娘を、どうぞどうぞよろしくお願いします……！」

「……わかりました」

弱々しく握られた手を、俺は優しく握り返した。

俺を見ている目を──俺ではなく別の男を見つめている目を、真正面から見つめ返す。

「安心してください。結子さんのことは、俺がしっかり守っていきます。一生、彼女のそばにいます」

俺は言った。

木綿子さんはまた深く頭を下げ、「ありがとう、ありがとうございます……」と祈るように言い続けた。

「ごめんね、面倒なことに付き合わせちゃって」

グループホームを後にして。

人気のないバス停で待っている間、桃生さんは言った。

「お母さん、いつもああなの。私の顔を見ると、結婚を喜んで、次は子供だって言って……男の人がいたら元夫と間違えて、『ありがとう、ありがとう』って何度もお礼言って……そして、全部忘れる」

帰り際の木綿子さんを思い出す。

面会時間が終わり、スタッフさんが部屋に入ってきた。

そして俺達が帰り支度を済ませ、別れの挨拶をしようとしたとき、木綿子さんは「……結子。いつ帰ってきたの？」と言った。

まるで——面会時間の会話が、全部なかったことになったみたいに。

いや。

『みたい』でもなんでもなく、彼女の中では存在しなかったのだろう。俺が語った言葉も、何一つ記憶としては定着しないのだと思う。

「お母さん、どんどん悪くなってるみたいでね。まあ認知症って、悪くはなってもよくなることはないから、当然なんだけど。私のことも、いつまで覚えててくれることやら」

バス停の椅子に腰掛けたまま、自嘲気味に言う。

なんだか乾いた態度だった。

様々な苦悩や葛藤を乗り越え、諦め、悟ったような。

「……桃生さんが、子供を欲しかった理由って」

結婚も恋愛もせず。

ただ子供だけを求めた理由。

それは——

「うん。お母さんのためよ」

桃生さんは言った。誤魔化《ごまか》す素振りも見せずに、はっきりと。

俺に伝えることを、最初から決めてたみたいに。

「最後の親孝行のつもりだった。私の顔を忘れる前に、私の子供を見せてあげたかった。だって……もう他に、今のお母さんにしてあげられることが、思いつかなかったから」

「…………」

「どうしても考えちゃうのよね……。もし私が離婚しなかったら……今も結婚してて、子供も作って、お母さんに会わせたりしてたら……認知症にはならなかったのかもしれないって」

認知症の原因。

それは現代医学でも正確には解明できていないはず。年齢的なことを考えれば、八十を越えたらいつ誰が認知症になったっておかしくない。

でも桃生さんは、自分の離婚が原因かもしれないと考えてしまっている。

強い罪悪感を覚えている。

「もしこのまま……お母さんが、私のことも自分のことも忘れちゃったら——お母さんがお母さんじゃなくなったら……私、なんの恩返しもできてない。ずっと育ててくれた、たった一人の家族に……なんの親孝行もできないまま終わっちゃう……」

元々桃生さんは、母親の勧めで結婚したようなものだったと聞いている。

彼女にとっては親孝行の一つのような感覚だったのかもしれない。

しかし——その結婚は、上手《うま》くはいかなかった。

離婚自体に後悔はないが、母を悲しませたことだけが悲しいと言っていた。

だから、今。

せめて子供だけは見せてあげたいと願っている。

それはもう親孝行というより、懺悔《ざんげ》や贖罪《しょくざい》に近い感情のように思える。

「……全部、自己満足だってことはわかってる。今のお母さんに子供を見せたって、意味のないことなのかもしれない。だけど、どうにか……お母さんが私を認識できるうちに、私の子供を抱いてもらいたかった」

そこで桃生さんは、フッ、と力なく笑った。

自分が滑稽で滑稽で仕方がないというような、悲しい自嘲の笑みだった。

「……奇跡を信じたい気持ちも、あったのかな？　もしも私の子供を見たら——お母さんがずっと待ち望んでた私の子供を見せてあげられたら……そしたらお母さんが、ちゃんと私を見てくれるんじゃないかって。過去の私じゃなくて、今の私を……」

木綿子さんが見ているのは、過去の――結婚した当時の桃生さん。

どれだけ言葉を積み重ねようと、彼女の時計が前に進むことはない。

彼女が桃生さんの『今』を認識することはない。

でも。

奇跡が起きたなら――

「起こるわけないいんだけどね、そんな都合のいい奇跡」

桃生さんは深く息を吐き出した。

「まあ、そういうわけで……以上が、私の裏事情よ。私が結婚も恋愛も放棄して、とにかく子供だけが欲しかった理由。実沢くんに、ペアリングをお願いしたわけ。私の背景で――私の本音」

「…………」

「どう？　すごく厄介で面倒な女でしょ？」

自虐的な口調で、独り言のように続ける。

「本当……徹頭徹尾、自分のことしか考えてなくて嫌になる……。生まれてくる子供にだって、失礼な話よ。私は……私の自己満足のために……母への贖罪のために、子供を利用しようとしてるんだから」

「…………」

「できるなら……実沢くんには言いたくなかった。見せたくなかった。私の心の複雑でこんがらがってて……醜くてグチャグチャした部分なんて」

心から剝《は》がれ落《お》ちたような言葉が、唇から零《こぼ》れていく。

「実沢くんとは綺麗《きれい》にお別れしたかった。そしたら、あなたの初めての相手として……あなたの心の中で、いつまでも綺麗な思い出のままでいられたかもしれないから」

彼女の目には、薄らと涙が浮かんで見えた。

自分でも気づいたようで、ゆっくりと指で拭う。

「……はは。本当にごめんね、せっかくのゴールデンウィークなのに、こんな重い話に付き合わせて。でもわかったでしょ？　私がどういう女か……。実沢くんはまだ若いんだから、こんな面倒臭いものを背負った年上女より——」

「——桃生さん」

彼女の自虐を遮るように、俺は口を開く。

⚥

実沢くんは言う。

静かな、でも強い意志を感じる声で。

「さっき木綿子さんに言ったこと……俺、『貴文さん』を演じて言ったわけじゃないですよ」

「……え？」

「そもそも俺、貴文さんに会ったことないですから。演じるなんて無理です。だから正直、俺が思ってることを正直に言いました」

さっきお母さんに言ったこと。

それって――

――安心してください。

――結子さんのことは、俺がしっかり守っていきます。

――一生、彼女のそばにいます。

どういうこと？

ただ、空気を読んでしてくれた発言じゃないの？

それっぽいことを適当に言っただけじゃないの？

「木綿子さんにだけじゃなくて——隣にいた、桃生さんにも言ったつもりでした」

「……ど、どういう」

困惑する私の横で、実沢くんはポケットからなにかを取り出した。

青色の小さな箱だった。

中を開いて、見せてくれる。

「——っ」

私は息を呑《の》み、言葉を失った。

「……本当はこれ、クリスマスに渡すつもりだったんです。実は俺、いろいろ計画してたんですよ？　ディナーとかサプライズとか……」

開かれた小箱の中にあったのは——

指輪、だった。

上品な光沢を誇るプラチナの指輪。

小ぶりなダイヤモンドが、淡い輝きを放っていた。

「サイズは……たぶん、大丈夫だと思います。実はクリスマス前に一緒に寝たとき、桃生さんが寝てからこっそりサイズ測ってて……。値段はまあ、そこまで高くないんですけど……」

謙遜気味に言うけれど、安物じゃないことは一目でわかる。

上司やセフレ程度の存在に渡すものじゃない。

これは……これを受け取る資格があるのは——

「なんで、どうして」

「このぐらい、覚悟を見せなきゃいけないと思って。社会人で、子供も早く欲しがってて……そんな人に交際申し込むなら、一生添い遂げる覚悟がないと失礼かなって。まあ……結局俺が先走って告白したせいで、いろいろ全部台無しになっちゃったんですけど」

クリスマス前の告白。

あれは本当に——衝動的なものだったらしい。

ふとした瞬間に、気持ちが溢《あふ》れたような告白。

だから私も、心のどこかで——これは彼の一時の感情に過ぎない、と思ってしまった。

でも、違った。

彼は告白の前から、指輪まで準備してくれていた。

私との将来を、真剣すぎるぐらいに考えていた。

「桃生さん。俺、やっぱりあなたが好きです」

実沢くんは言った。

迷いなく、揺るぎない声で。

いつかの激情に任せた不安定な告白とは違う。

考えに考えて考え抜いて、それでも譲れない答えを見つけたかのような、そんな揺るぎない覚悟に満ちた声音だった。

「告白が失敗してからも、ずっと引きずってた。ずっとあなたを忘れられなかった。だからやっぱり……俺と」

「ちょっと待って。ちょっと待ってよ……」

私は慌ててストップをかけた。

「なんで？　どうして……？　私、全部話したわよね？　なんのために今日、連れてきたと思ってるの？　ちゃんと本当のこと説明して、諦めてもらおうと思ったのに……」

「そうだろうとは思いましたけど……でも、正直な話、あんまり諦める理由にはならなかったといいますか」

「…………」

「そりゃ驚きましたし、ショックを受けた部分もありました。でも、なんだかんだ、桃生さんらしいな、って思いましたよ。あれこれ画策してた理由は、全部大好きなお母さんのため……。らしいですよ。桃生さん、優しい人だから」

「……っ。優しくないでしょ、私」

「優しいです。自分じゃ、気づいてないかもしれないですけど」

優しくなんかない。

私は徹頭徹尾、自分のことしか考えてない。

会社では『女帝』と呼ばれるような女。

虎村剛心《とらむらごうしん》の件だってそう。

人が一人死んだって自分の利益を真っ先に考える。

元夫と離婚したのだって、私が相手に合わせる気がなかったから。

優しくなんかない。

優しいわけがない。

でも。

そんな私のことを、この人は優しいと言ってくれる。

こんなにも醜い私を、何度も好きだと言ってくれる。

私の全部を、受け入れてくれる――

「……やめてよ」

私は言う。声はどうしても震えてしまう。

「やめておきなさい、私なんか……。きっと上手《うま》くいかないわ。どうせ私はすぐ自分のことで手一杯になっちゃうし……。お母さんの件だってある。私はお母さんから離れられないから。もし私と交際したら……実沢くん、お母さんからはずっと、別の男として認識され続けるかもしれないのよ？　そんな虚《むな》しいこと、ないでしょう？　こんな面倒な女より、もっとまともな――」

「――桃生さん。そういうの、もういいですから」

言い訳めいた言葉を繰り返してしまう私に、実沢くんは諭すような口調で言う。

「いい加減、教えてください。桃生さんの、本当の本音」

「本当の本音……」

「俺のこと、どう思ってますか？」

「……っ」

「好きか、好きじゃないか。二択で答えてください。他の言葉は、なんもいらないです。

俺、まだ一度も──その答えは聞いてないですから」

ああ──

そういえば、そうだった。

愕然《がくぜん》としてしまう。私はまだ、そんな初歩の初歩の質問にすら答えていなかったらしい。

数日前に鹿又《かのまた》さんと飲んで──本音を話さなければいけないと思った。

だから今日、私の隠していた背景を打ち明けた。

でも、よく考えたら。

それはただの背景であって、結局本音ではなかったのかもしれない。

この期に及んでも、一度も本音を言っていない。なにも隠さず全てを打ち明けようと思っていたのに、まだ言ってないことがあった。

鼓動が跳ね上がる。

顔が一気に熱くなった。

言えない。言いたくない。こんな恥ずかしいこと、言えるはずがない。

でも、もう止まらない。

だって本音以外の全てを、吐き出し尽くしてしまったから。

ゴチャゴチャになって心を埋め尽くしていた重荷を、目の前の男が丁寧に丁寧に取り除いてくれたから。

私という最高に面倒臭い女は、ここまでお膳立てしてもらわなければ、本音を言うことができないらしい。

心の奥底にしまい込んで蓋をしていた感情が、引きずり出されてしまう。

「……好き」

私は言った。

言ってしまった。

「好き、大好き……私も、実沢くんが好きなの……！」

信じられないぐらい顔が熱くなる。

どうしてか涙が出てきた。

思い返してみると――誰かに『好き』だなんて言うのは、人生で初めてかもしれない。

過去の交際は全部相手からの告白だった。

好き。実沢くんが好き。

言ってはならないと思っていた言葉。

認めてはならないと思っていた感情。

でも――本当は気づいていてて、目を逸《そ》らしていただけ。私にはもう、誰かを好きになる資

格なんてないと思っていたし……それになにより、怖かった。

相手を傷つけてしまうことが、自分が傷つくことが、怖かった。

だからずっと、自分の本音から目を逸らしていた。

「俺も、桃生さんが大好きです」

実沢くんは嬉《うれ》しそうに笑った。

「よかった……両想いみたいですね、俺ら……」

「そ、そのようね……」

「まあ、なんとなくそんな気はしてたんですけど」

「う、うそ……!?」

「レオパの名前が『ハルヒコ』だったのが、結構決定的だったというか」

「〜〜〜〜っ」

あれは……あれは本当にやってしまったなあ。

恥ずかしすぎる。

飼い始めたペットに別れた恋人の名前をつけた女みたい。

寂しすぎるし、虚しすぎるし、痛すぎる！

ああもうっ。私、実沢くんのこと好きすぎるでしょ！

「で、でもね……お互いに好きってだけで全てが解決するわけじゃなくて……。学生なら

ともかく、私達は二人とも大人なんだから……。好きなだけじゃやってけないと思うし」

「いいんじゃないですか、そういうのは後回しでも」

実沢くんは言う。

「確かに大人の恋愛は、好きなだけじゃやってけない。でも、たぶん……好きじゃなきゃ

やってけないですよ」

穏やかに語られたその言葉は——何度も何度も考え抜いた上で結論を出したような彼の

言葉は、不思議な説得力があった。

ストン、と腑《ふ》に落ちる言葉だった。

好きなだけじゃやってけない。

でも、好きじゃなきゃやってけない。

「なにかが解決したわけじゃないし、まだまだ問題は山積み……でも、その一つ一つを、

これから二人で乗り越えていきたいって思ってます」

そう言って彼は立ち上がる。

アスファルトに膝を突き、私の前に跪《ひざまず》いた。

指輪の入った小箱を掲げる。

「好きです、桃生さん。俺と結婚を前提にお付き合いしてください」

あまりにもまっすぐな告白に、ちょっと面喰《めんく》らってしまう。

少し格好つけすぎのような気もしたけれど、でも今の私には茶化《ちゃか》すことができなかった。

こちらを正面から見つめる瞳に、射貫《いぬ》かれてしまう。

「……いいの？」

高鳴る鼓動を感じながら、私は問う。

「本当に私でいいの？」

「はい」

「私、もう三十越えてて、実沢くんより十近く年上なんだけど」

「知ってます」

「バツイチだし」

「全部知ってます」

「……言ってなかったけど、元夫と財産分与のことでまだちょっと揉《も》めてて、来月弁護士を立てた話し合いとかあるんだけど……」

「そ、それは初耳ですが……乗り越えていきましょう！」

「私……全然、いい女じゃないわよ？　取り柄と言ったら仕事ぐらいで……プライベートは結構だらしないし」

「知ってます」

「ジムだって……本当は……全然行ってないの！」

「とっくに知ってます」

きっとこんな問答に、意味なんてないのだろう。

諦めよう。

もう諦めるしかない。

実沢くんがしつこすぎるから諦める——というわけじゃない。

自分を誤魔化《ごまか》すことを、諦めるしかないみたい。

もうこれ以上、自分の気持ちを抑えることができない。

「じゃあ、その……はい」

私は頷く。

「私も好きなので……よ、よろしくお願いしますっ」

いざ言葉にしようとすると、なんとも拙い言葉しか出てこなかった。初めて告白された中学生みたいなリアクションになってしまっている。

実沢くんは優しく笑うと、指輪を小箱から取り出した。

私の左手にそっと手を添えて、薬指に指輪を通す。
こっそり測っただけあって、サイズはぴったりだった。
離婚歴のある私は、この指に誓いの輪を通すのは人生で二度目。
でも今。
初めての気持ちが、胸を埋め尽くしていた。

⚥

その日俺達は、桃生さんの家に泊まることになった。
どちらから言い出したわけでもなく、自然な流れで。
今までならば――なにかしら理由や言い訳が必要だった。
向こうから誘われなければ、宿泊なんてできなかった。
俺達は恋人でも友達でもなかったから。
しかし。
晴れて俺達は恋人になった。
となればもう、遠慮はいらないだろう。

……いや、まあ、普通に考えたら恋人同士だろうと礼儀は必要なわけで、付き合い始めたその日に彼女の家に泊まりに行く男はアレなのかもしれないけど。

でも……とにかくもう、我慢ができなかった。

理屈でどうこう説明できることじゃない。

数ヶ月前に別れてから、もう二度と元の関係には戻れない、早く諦めなければならないと絶望していた。

それが今日、元通りに——いや、元以上の関係になることができた。

浮かれるなっていう方が無理な話だろう。

「…………っ」

部屋に入るや否や、俺達はシャワーも浴びずに寝室へと向かった。

湧き上がる欲望のままに、彼女をベッドに押し倒す。

いつものように服を脱がそうとしたところで、

「ま、待って！」

と桃生さんが叫んだ。

半脱ぎになっていた胸元を、慌てて隠すようにする。

「ちょっ、ちょっと待って……！　お願いだから！」

「どうしました？」

体を起こし、相手の顔を見る。

桃生さんは──信じられないぐらい顔を真っ赤にしていた。

「は、恥ずかしいの……！」

両手で顔を隠すようにしながら、消え入るような声で訴えてきた。

「どうしよう……死ぬ。恥ずかしくて死ぬ……！」

「え……恥ずかしいって……？　なにがですか？」

「だから……そういうことするのが」

「……え？」

正直、わけがわからなかった。

恥ずかしい？

そういうこと……つまり、セックスが？

「……今になって、ですか？　いや……確かに久しぶりですけど、でも俺ら、結構回数を重ねたような……」

「ま、前とは違うでしょ！」

必死に叫ぶ桃生さん。

「今までのペアリングは……なんていうか、あくまで子作りのためめっていう大義名分があって……だから、行為が子作りのための手段だったわけじゃない？　でも今は……行為自体が目的なわけでしょ!?　つまり……手段そのものが目的になってしまっているのよ！」

「……？」

わかるような、わからないような。

「だから、その……私達、付き合いはじめたわけでしょ？」

「そうですね、今日から……というか、数時間前から」

「実沢くんは私が好きなのよね？」

「はい」

「そして私も、実沢くんが好き……」

「……はい」

「そう、つまりコンセンサスが取れた状態なのよ！　互いの好意的感情について明確に全会一致のコンセンサスが取れている……その状態こそが『付き合っている』という現象なのよ！」

「……？」

ううん？

どうしよう、またわからなくなってきた？

「お互いに愛し合ってる者同士が、愛を確かめ合うために体を重ねるなんて……他になんの理由もなく、行為のための行為に及ぶなんて……そんなのもう、真実のセックスになっちゃうわ！」

真実のセックス。

なんだろう。なんかものすごいパワーワードが出てきたぞ。

「……やだ。無理。恥ずかしい……。だってもう、バレてるんでしょ？　私が、実沢くんを好きなこと……。そのコンセンサスが取れた状態で、行為に及ぶなんて……もう、なんの言い訳もできないっていうか……」

「…………」

「ああ、ていうか……恥ずかしがってることが一番恥ずかしい……。自分でもわからない……なんでこんな……」

「…………」

ようやく、言いたいことが伝わってきた。

たぶん桃生さんは、今までずっと、裸にはなっていなかったのだろう。

何度も何度も裸になって交わりながらも——心にはなにかを纏《まと》っていた。

大義名分とか、理由とか、言い訳とか、見栄《みえ》とか。

そういった様々な理屈を何重にも纏った上で、俺との行為に及んできた。

でも今、この人は本当の意味で裸になっている。

なんの理由も必要性もなく——ただ、お互いがしたいからセックスをしようとしている。

そのことがどうやら無性に恥ずかしいようで、まるで初夜を迎えた乙女のように恥じらっている。

「……はは」

俺は思わず、笑ってしまった。

「わ、笑わないでよ……」

「桃生さんって、やっぱりめちゃくちゃかわいいですね」

「～～～っ」

沸騰したみたいに顔を真っ赤にして、睨《にら》みつけてくる。

「……バ、バカにしないでよ。こっちはいっぱいいっぱいなんだから……」

「バカにはしてないです。ただ、また一つ桃生さんのかわいいところを知れたなって話で」

「……っ。そ、それをバカにしてるっていうの。あー、もう知らない。やっぱり今日はしない。実沢くん、もう帰って」

「なっ。ちょ、ちょっと待ってくださいって」

拗《す》ねてベッドから立ち上がろうとした桃生さんを、慌てて止める。

そのままもつれ合い、取っ組み合いみたいになって、またベッドに転がる。

「……ぷっ」

「ははっ」

二人で笑い合い──そして、どちらからともなく唇を重ねた。

まだ恥じらいが残る彼女の服を、一枚一枚脱がせ裸にしていく。俺の方も服を脱ぎ捨て、一糸まとわぬ姿で重なり合う。

何度もやってきたペアリング──ではない。

もう、そんな呼び名は必要ないのだろう。

名前が必要だったのは──特殊な関係だったから。

人前で口にするのに抵抗ないワードがいいというのが主な理由だったけれど、それ以外にも、名前をつけた意味はあったと思う。

あえて特殊な呼び名にすることで、特殊性を自覚できた。

これは普通のことではないと、自分達に言い聞かせていた。

でも。

もうそんな呼び名は必要ない。

だって俺達は、普通のことを普通にするだけだから。

ごくごく普通の愛し合う男女のように、理由もなく肌を重ねる。

極めて特殊な経緯で始まってしまった俺達のラブコメは、なんともベタなオチを迎えたようだった。

エピローグ

四ヶ月後――

残業を終えて帰宅すると、

「おかえり、春彦《はるひこ》」

最愛の彼女が出迎えてくれた。

「ただいま帰りました、結子《ゆいこ》さん」

廊下を歩きながら、ネクタイを緩めていく。

交際から四ヶ月、俺達の生活は半同棲《はんどうせい》のような形になっていた。

俺は自宅にはほとんど帰らず、桃生《ものう》さんの家で生活している。

私物もほとんどこちらの家に移してしまったため、そろそろ解約して完全に同棲しようかという話にもなっている。

となれば家賃や光熱費なども折半しなければいけないわけだけれど、まあその辺は追々話し合っていくとしよう。

「どうだったの、仕事の方は？」

「なんとか今日は解決しました……。まだまだ予断は許さない状況ですけど」

「思ってたより大変そうね、轡《くつわ》くんの担当作のアニメ化」

「あいつも運がいいんだか悪いんだか……。編集部に異動してサブ担当になった作品が、速攻でアニメ化決定ですからね。仕事が増えまくって、毎日嘆いてますよ」

「なんにしても楽しみね。編集の轡くんと、営業の春彦がタッグを組んで売ってくわけだから」

「いや、俺らどっちもまだまだサブみたいなもんですから」

「私の部下だった二人よ？　期待してるから」

楽しげに言う結子さんだった。

俺はスーツの上着を脱ぎつつ、部屋の端にあるレプタイルボックスへと向かった。透明なケージの中には、ハイイエローのレオパがいる。

「ただいま、ハルコ。元気してたか〜？」

声をかけても反応はない。ふてぶてしい顔でのそのそ歩いている。

一度ハルヒコと命名されたレオパは、俺と紛らわしいという理由からハルコという名前に変更された。

そもそもメスだったらしい。

「ハルコのエサって、もうあげました？」

「ええ。さっきレッドローチをあげたわ。少なくなってきたから、また香恵にもらいに行かないと……。うーん、やっぱりもう、自分で繁殖させた方が早いかしらね？」

平然と言う結子さん。

レッドローチ＝餌用ゴキブリ。

さんざん活き餌《いえ》を嫌がっていた結子さんだけど……レオパを飼い始めたら速攻で昆虫のエサにも慣れた。

爬虫類《はちゆうるい》を飼い始めたら虫にはすぐ慣れる飼育者が多いらしいけれど、まさかこれほど早く克服するとは。

コオロギどころか、今ではレッドローチを平然とあげている。

なんなら繁殖を検討しているぐらいだ。

面白いぐらいの変化だと言えるだろう。

「……変わりましたよね」

「うん？」

「いや、なんかいろいろと。この四ヶ月で」

「そうね。お互いの呼び方も変わったし」

確かに呼び方も変わった。

『桃生さん』から、『結子さん』へ。

『実沢《さねざわ》くん』から、『春彦』へ。

「最初は照れ臭かったけど、ようやく慣れましたよね」

「なんなら敬語もやめてもらっていいんだけど」

「……いやいや、敬語だけはちょっと」

「どうしてよ」

「敬語までやめたら、マジで会社でミスが出そうですから。会社でも普通にタメ口でしゃべっちゃいそうで」

「あー、そうね。春彦、危なっかしいとき多いし」

「……結子さんには言われたくないですけどね。この前思い切り会社で『春彦！』って呼んできたじゃないですか」

「なっ……私は一回だけでしょ！」

「一回がデカいんですよ」

「はぁ……。そろそろ、私達の関係を公表する時機を考えた方がいいかもしれないわね」

「そうですね」

俺達はもう、無理に隠さなければならない関係ではなくなった。

入籍や結婚報告のタイミングなども、何度か話し合っている。

そういう段階に入っている。

この四ヶ月で様々なことがあって、そういう段階に入ったのだ。

「いろいろイベントもありましたよね、この四ヶ月……」

「そうね……」

しみじみと語る俺達。

「二人で千葉に旅行したら、ばったり兄貴夫婦に会って、急にうちの実家に泊まることになったり」

「……驚いてたわよね、春彦の家族。やっぱり年上なのが気になったんじゃないかしら？　私、お兄さんよりも年上だし……。すごく気を遣われた気がする」

「いや、そこはあんまり問題なかったと思いますよ。どっちかというと、俺の会社の上司ってことでみんな気を遣ってたというか」

「だといいけど」

「あとは……結子さんの元旦那さんと会ったり」

「……あったわね。住所教えてないのに、会社の前で待ち伏せしてて……。まったく……まさか今になって顔を出してくるなんて。裁判以外で会うつもりなかったのに」

「いやー、俺はむしろ、会えてよかったと思ってますけどね。一度は顔を合わせて話がしたいと思ってましたから。会わないままだと、勝手に仮想敵として巨大になりすぎてたっていうか」

「そういうものなの？」

「ちゃんと挨拶できてよかったです。これからは俺がパートナーです、って」

「ふぅん。そういうものなのねえ」

付き合ったからといって、ハッピーエンドで物語が終わるわけではない。

生きていればそれだけで事件が起こり続ける。

その一つ一つを乗り越えてきて、俺達は今ここに二人でいる。

つまり――とても幸せということだ。

「コーヒー、淹《い》れるわね」

そう言って結子さんはキッチンに向かい、チャコールコーヒーを淹《い》れてくれた。独特の匂いが鼻孔をくすぐる。

以前は『この部屋に来たときのルーティン』みたいに思っていたコーヒーだけれど、最近は毎日のように二人で飲んでいる。

特別なルーティンから、日々のルーティンへと変わっている。

「どうぞ」

「どうも」

「そうそう、今週末の予定だけど」

「お母さんのところですよね？　俺も一緒に行きますよ」

「……別にいいのよ？　無理に付き合わなくても」

「行きます。俺だって、木綿子さんに会いたいですから」

「……ありがとう」

「いえいえ」

コーヒーを飲みながら談笑していて——ふと、気づく。

対面に座った彼女が、なにも飲んでいないことに。

「あれ？　コーヒー、飲まないんですか？」

飲むときは、だいたいいつも一緒に飲んでいるのに。

「あー……そうね」

少し言いにくそうに、結子さんは言う。

「今日からは控えようかと思って。普通のコーヒーよりはカフェインが少ないから気にしてなかったけど……これからはより一層、気を遣った方がよさそうだし」

「…………」

「だからね、カフェインゼロのたんぽぽコーヒーとか買ってみたのよ。美味《おい》しいといいんだけど……あっ、春彦は気にせずコーヒー飲んでいいからね」

「…………」

もったいぶった言い回しだったが、ようやく気づく。

女性がカフェインを避ける理由。

まあ、いろいろあるだろうけど、一番多いパターンは——

「も、もしかして」

「……うん。今日、病院で検査してきたんだけど」

結子さんは言う。

愛《いと》おしそうにお腹《なか》を撫《な》でながら。

「できてたみたい」

「…………」

「一応、簡易検査ではわかってたんだけどね。ぬか喜びになるといけないから、黙ってた。ごめんね、報告が遅れて」

「……や、やった。おめでとうござ……いや、ありがとうございます？」

感動のあまり、言葉にならない。

「とにかく、嬉《うれ》しいです」

「ふふっ。ありがとう」

「木綿子さんにも報告しなきゃですね！」

俺は言った。

妊娠は彼女の悲願だった。

母親に子供を抱かせることが、彼女にとっての親孝行。

ペアリングという特殊な関係は終わったけれど、交際してからも避妊せずに行為に及び、妊娠を望んできた。

最愛の母のために。

最後の親孝行のために。

それなのに彼女は、

「ああ、そうね。お母さんにも報告しなきゃね」

どこか上の空で、そう言った。

「結子さん？」

「……不思議なのよね。あんなにもお母さんのことを考えてたのに……だから、部下のあなたに『子作りだけしてほしい』なんてバカなお願いもしちゃったのに。それなのに——妊娠がわかったとき、一番にあなたの顔が浮かんだ」

穏やかな眼差《まなざ》しで、まっすぐ俺を見つめる。

「妊娠を報告したらどんな顔するんだろう。どんな風に喜んでくれるんだろう。子供を抱いたあなたは、どんな顔をするんだろう。子供にはどんな名前をつけたいって言い出すんだろう。あなたはどんな父親になるんだろう……そんなことばかり、考えちゃった」

「…………」

「お母さんのことを考えたのは、少し遅れてから。……親不孝な娘よね。お母さんがあんな状態なのに、自分のことばかり考えて」

「……いいんじゃないですか」

俺は言う。

「木綿子さんもきっと、娘の幸せを一番望んでるはずですよ。最初の結婚を心から喜んだことも、子供を早く産むように言っていたことも……全部、全部、娘の幸せを願ってたからだと思いますし」

娘に幸せになってほしい。

結局のところ、木綿子さんの願いはそれに尽きるのだと思う。

価値観の違いや、思いの行き違いはあったが……彼女はただ、娘の将来を案じ、幸福を祈っていただけ。

娘が幸福に暮らすことを、嫌がるはずがない。

「あ、いや……なに知った風に語ってんだって感じですけど」

「……ううん。そんな気がする」

小さく首を振る。

「私のお母さんは、そういう人だったわ。いつでも、どんなときも、私の幸せを一番に願ってくれる人。ずっと私の味方でいてくれた人」

桃生さんは言った。

静かに穏やかに、しかしどこか子供じみた口調で。

「ああ、そっか……そうよね。ゴチャゴチャ難しく考えずに、私はただ——幸せになればよかったのかしら？　それが一番の親孝行……なんて、ちょっと都合よすぎかな？」

「いいと思います。都合がよすぎるぐらいで」

そう言うと、彼女は笑った。

本当に晴れやかな笑顔だった。

抱えていた重荷から、ようやく解き放たれたような——いや。

あるいは最初から、重荷なんてなかったのかもしれない。

解消すべき問題も解くべき呪いも、彼女には存在しなかった。

全ては自分の心の問題で、だからこそ難しく——だからこそ、意外と単純な話だったりする。

「私……頑張ってこの子を育てていくわ。お母さんみたいな立派な母親になれるように」

覚悟を決めたように言うけれど、

「……あ、でも」

とぼけたように付け足す。

「いきなりは難しいかもしれないわね。お母さんにはある意味では年の功があったっていうか。過去に一回子育てを経験していたからこその余裕みたいなものはあったと思うし……私がいきなり、一人で全部背負い込んでお母さんみたいになろうとするのは、無理な気がする」

だから、と言って。

彼女は俺の方を見つめる。

「あなたも協力してくれる？」

「はい。喜んで」

仕事帰り――

美人上司に頼まれて、俺は即座に頷《うなず》いた。

あとがき

哺乳類と違い、爬虫類《はちゆうるい》には寂しいという感情がないそうです。どれだけ人間が愛情込めて育てようとも爬虫類に愛は伝わらない。飼い主に慣れることはあっても懐くことはない。僕も爬虫類のペットを飼っていますが、実際そんな感じです。不思議なもので……最初から期待していないと懐かなくてもなんにも気になりません。全く愛を返してくれない相手に無償の愛を捧《ささ》げ続けることに、なんのストレスも感じない。でも――相手が人間だと、どうして僕らは無償の愛を捧げ続けることができなくなってしまうのでしょうか？見返りがほしくなってしまう。愛には愛で返してもらいたくなってしまう。相手には――人間には、心があるから。心があると信じたいから。自分と同じような心で、自分と同じような思いを共有してるはずだと確かめたくなってしまうから。今作の二人も爬虫類ではなかったからこそ愛は拗《こじ》れ……でも、だからこそ唯一無二の尊いものになったような気がします。

そんなこんなで望公太です。

体だけの関係だった二人が、それだけでは終われなくなってしまったラブコメ第三弾。

今回でとりあえず一段落です。どうにか書きたかったことは一通り書けたかなと思います。

しかし、原作は一段落ですが漫画の方はまだまだ続きます！　今作のコミカライズでは僕が原作者としてシナリオやネームなどにも積極的に関わることができているので、いい意味で原作小説とはひと味違う物語になるかも……！　漫画ならではの魅せ方、ストーリーなどを考えていきたいと思ってますので、乞うご期待！

以下謝辞。

担当の神戸様。今回もお世話になりました。ラノベらしからぬ企画を通してくださったことに感謝しております。イラストレーターの、しの様。素晴らしいイラストをありがとうございました。かなり生々しい内容である本作がどこか清潔感と透明感のある作品に仕上がったのは全てしの様のお力だと思っています。

そして読者の皆様に最大級の感謝を。

それでは、縁があったらまた会いましょう。

望公太

仕事帰《しごとがえ》り、独身《どくしん》の美人上司《びじんじょうし》に頼《たの》まれて3

著	望《のぞみ》 公太《こうた》
	角川スニーカー文庫　23966
	2024年2月1日　初版発行
発行者	山下直久
発　行	株式会社KADOKAWA 〒102-8177 東京都千代田区富士見2-13-3 電話　0570-002-301（ナビダイヤル）
印刷所	株式会社暁印刷
製本所	本間製本株式会社

◇◇◇

Printed in Japan　ISBN 978-4-04-114482-4　C0193

★ご意見、ご感想をお送りください★
〒102-8177 東京都千代田区富士見 2-13-3
株式会社KADOKAWA　角川スニーカー文庫編集部気付
「望 公太」先生「しの」先生

角川文庫発刊に際して

角　川　源　義

第二次世界大戦の敗北は、軍事力の敗北であった以上に、私たちの若い文化力の敗退であった。私たちの文化が戦争に対して如何に無力であり、単なるあだ花に過ぎなかったかを、私たちは身を以て体験し痛感した。西洋近代文化の摂取にとって、明治以後八十年の歳月は決して短かすぎたとは言えない。にもかかわらず、近代文化の伝統を確立し、自由な批判と柔軟な良識に富む文化層として自らを形成することに私たちは失敗して来た。そしてこれは、各層への文化の普及滲透を任務とする出版人の責任でもあった。

一九四五年以来、私たちは再び振出しに戻り、第一歩から踏み出すことを余儀なくされた。これは大きな不幸ではあるが、反面、これまでの混沌・未熟・歪曲の中にあった我が国の文化に秩序と確たる基礎を齎らすためには絶好の機会でもある。角川書店は、このような祖国の文化的危機にあたり、微力をも顧みず再建の礎石たるべき抱負と決意とをもって出発したが、ここに創立以来の念願を果すべく角川文庫を発刊する。これまで刊行されたあらゆる全集叢書文庫類の長所と短所とを検討し、古今東西の不朽の典籍を、良心的編集のもとに、廉価に、そして書架にふさわしい美本として、多くのひとびとに提供しようとする。しかし私たちは徒らに百科全書的な知識のジレッタントを作ることを目的とせず、あくまで祖国の文化に秩序と再建への道を示し、この文庫を角川書店の栄ある事業として、今後永久に継続発展せしめ、学芸と教養との殿堂として大成せんことを期したい。多くの読書子の愛情ある忠言と支持とによって、この希望と抱負とを完遂せしめられんことを願う。

一九四九年五月三日

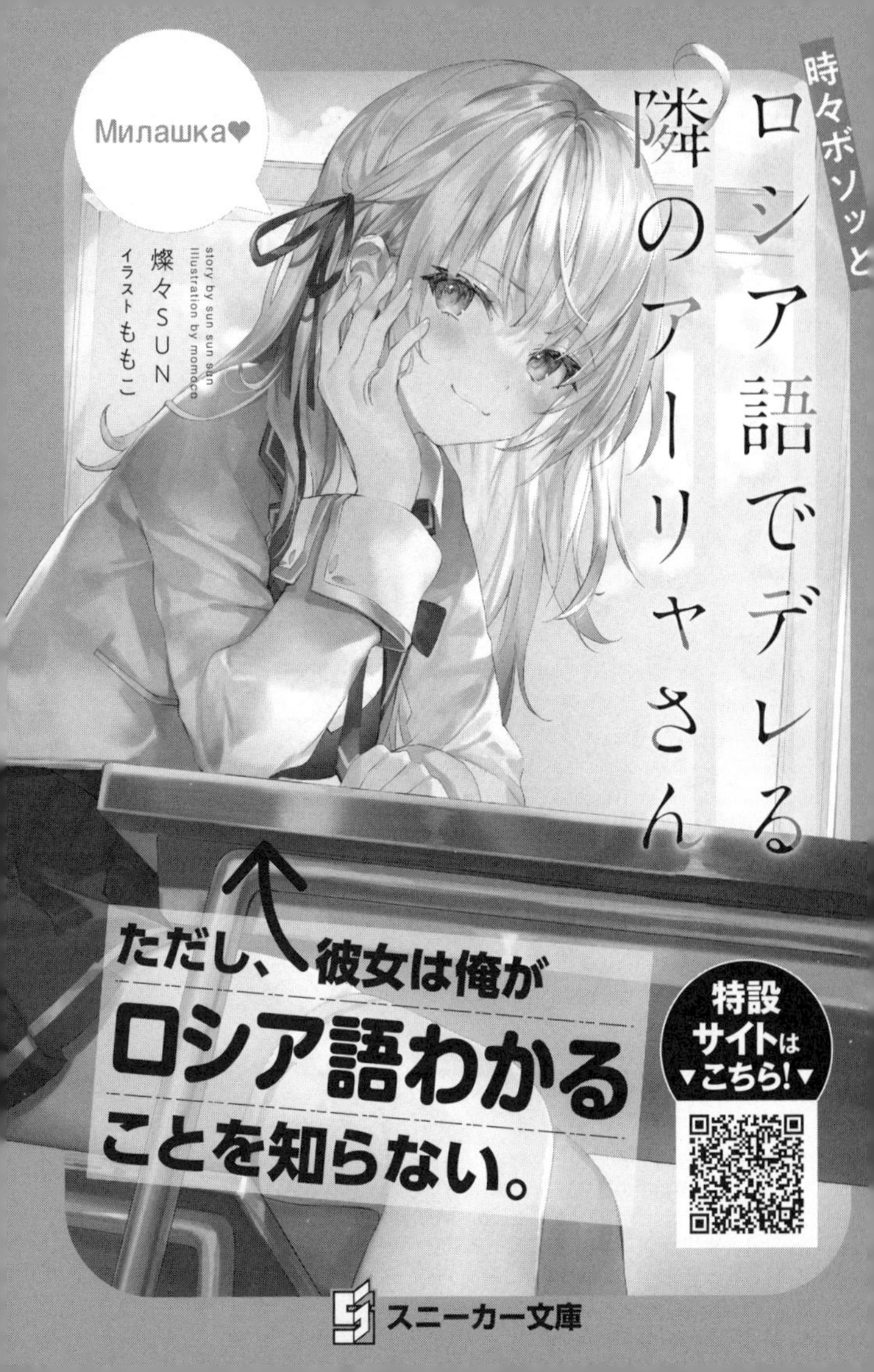

時々ボソッと
ロシア語でデレる隣のアーリャさん
Милашка❤
story by sun sun sun
illustration by momoco
燦々SUN
イラストももこ
ただし、彼女は俺が
ロシア語わかる
ことを知らない。
特設サイトはこちら!
スニーカー文庫

継《まま》母《はは》の連れ子が元カノだった
Mamahaha Tsurego Moto kano
〜昔の恋が終わってくれない〜
紙城境介
イラスト／たかやKi
好評発売中！
実はまだ好き同士な元カップルが親の再婚できょうだいに!?
第3回カクヨムWeb小説コンテスト《大賞》ラブコメ部門
「僕が兄に決まってるだろ」「私が姉に決まってるでしょ?」親の再婚相手の連れ子が、別れたばかりの元恋人だった!?　“きょうだい”として暮らす二人の、甘くて焦れったい悶絶ラブコメ——ここにお披露目!
スニーカー文庫

「私は脇役だからさ」と言って笑う
そんなキミが1番かわいい。
クラスで2番目に可愛い女の子と友だちになった
たかた [イラスト]日向あずり
第6回 カクヨム Web小説コンテスト
特別賞
ラブコメ部門
『クラスで2番目に可愛い』と噂の朝凪さん。No.1人気の天海さんにも頼られるしっかり者の彼女は……金曜日の放課後だけ、俺の家に遊びに来る。本当は無邪気で甘えたがり。素顔で過ごす、二人だけの時間。
スニーカー文庫

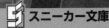

静かに過ごしたいのに、
なぜか《S級美女》と
学園ハーレム
ラブコメに!?
なぜかS級美女達の話題に俺があがる件
脇岡こなつ
ill. magako
《S級美女》と呼ばれる女子高生・姫川沙羅、小日向凛、高森結奈。彼女たちが噂しているイケメンは学校一地味な俺!? 静かな高校生活を送るため、彼女たちに嫌われようと動くのだが全てが裏目に出てしまい……。
スニーカー文庫